Mit Senta Berger
ins weite Land der Kindheit

HERDER spektrum

Band 5702

Das Buch

Kinderleben – das weckt eine Fülle von Assoziationen und Gedanken, meistens bittersüß: Kinderglück und Kindersorgen. Elternglück und Elternsorgen. Die Verheißung, die in jedem Kind steckt, kindliche Entdeckerlust ... und die Mühen der Erziehung. Angst vor der Dunkelheit und Geborgensein in der Liebe der Eltern. Senta Berger hat eine Auswahl ihrer liebsten Texte über Kinder (und von Kindern) zusammengestellt. Es sind Texte, die die hellen und die dunklen Seiten des Kindseins erforschen; Texte, die gesättigt sind von Freude und Wehmut, Fragen und Erinnerungen. Manchmal überraschend, manchmal vertraut anmutend, nehmen sie uns mit auf eine Reise in ein Land, das jeder kennt und das oft nur allzu weit entfernt ist.

Die Herausgeberin

Senta Berger ist eine der bekanntesten deutschsprachigen Bühnen- und Filmschauspielerinnen. Sie ist auch durch ihre Literatur-Lesungen einem breiten Publikum präsent und hat für ihre Arbeit zahlreiche Preise erhalten.

Senta Berger (Hg.)

Mit Senta Berger ins weite Land der Kindheit

HERDER

FREIBURG · BASEL · WIEN

Gedruckt auf umweltfreundlichem,
chlorfrei gebleichtem Papier

Originalausgabe

www.herder.de
Satz: Dtp-Satzservice Peter Huber, Freiburg
Druck und Bindung:
Oldenbourg Taschenbuch GmbH, Kirchheim 2006
Umschlaggestaltung und Konzeption:
R·M·E München/Roland Eschlbeck, Julia Wolf
ISBN-13: 978-3-451-05702-1
ISBN-10: 3-451-05702-6

Inhalt

Vorwort

Kinderland

Von unserem Küchenfenster aus konnte ich mein ganzes Land überblicken.

Mein Kinderland.

Vor mir liegt der kleine Hof, gleich geteilt in ein etwas erhöhtes kleines Wiesenstück mit Fliederbüschen und einem alten, süß duftenden, immer verlausten Jasminstrauch und in ein Rechteck aus gestampfter Erde, auf dem die Buben im Sommer Fußball spielen, Staubwolken aufwirbeln und deswegen von den Erwachsenen Ohrfeigen bekommen. Begrenzt ist der kleine Hof an seiner Schmalseite von einem alten schiefergrauen Lattenzaun, der unser schönstes Klettergerüst ist. Von dort kann man mit einigem Geschick und Mut auf das Teerpappendach des Schuppens springen, in dem die fünf Familien unseres kleinen Hauses in der Lainzerstraße 148 in Wien-Hietzing ihre Kohlen und das Heizholz lagern, alte Fahrradreifen, die man sicher noch einmal gebrauchen kann oder gar nur Fahrradschläuche – ein hohes Gut in der Nachkriegszeit –, die mit Schnüren an Haken hochgezogen und immer wieder geflickt werden. In unserem Schuppenabteil hat meine Mutter zu all dem Zeug, das man nicht wegwerfen darf – wie rostige Nägel, löchrige Körbe und alte Emailletöpfe – auch ihre

Blumenzwiebeln gelagert. Während der dunklen Wintermonate spreche ich oft mit ihnen und wünsche ihnen „eine gute Ruh“, bis bald, sehr bald der Frühling kommt. Über das Schuppendach ziehen wir Kinder uns auf das steile Dach des kleinen Waschhauses und klettern bis zum Schornstein hinauf, von wo aus wir bis an das Ende der Welt sehen können – also wenigstens zwei Straßen weiter. Wir sehen den Wirtsgarten vom Gasthaus Eder am Eck von oben. So klein sieht alles aus! Wir spucken die sieben Meter hinunter in den Nachbarsgarten und halten uns am Schornstein fest, weil uns plötzlich ein bißchen schwindelig wird. Keiner darf uns da oben sehen, sonst kriegt der Karli Schläge und ich eine Strafe. Wenn wir das Dach wieder hinunterrutschen, reißen die Ziegel uns die Haut an den Knien und an den Ellenbogen blutig auf. Wir machen keinen Mucks, auch abends nicht, wenn unsere Mütter uns in Zinnschüsseln waschen und mit Waschlappen oder gar mit einer Wurzelbürste über unsere Wunden fahren. „Tut das weh?“ fragt meine Mutter mit prüfendem Blick. „Nein, gar nicht.“ – „Wo hast denn die schon wieder her, diese Knie?“ – „Weiß nicht, Mutti, weiß nicht“, lüge ich und sehe ihr ohne Blinzeln in die Augen.

An der Längsseite des Hofes zieht sich eine alte weiße Mauer entlang, efeubewachsen. Die großen Steine liegen nur noch locker aufeinander. Man kann sie herausbrechen und durch das Loch kriechen, groß genug für uns kleine Kinder. Man muß an den Asseln und Ameisen vorbei, an Blattläusen und rotschwarzen Käfern, verzauberte stumme

Tiere, die mir Angst machen und in meinen Träumen riesengroß gewachsen über mich herfallen. Die alten Mauern teilen die langgestreckten Nachbarsgärten der Lainzerstraße. In jedem Garten wohnen Kinder, unsere Freunde. Hier die Hannelore und die Elfi, da die Felicitas, dort der Helmut und der Norbert. Wir besuchen sie. Vorne an der Haustüre klingeln, das wäre langweilig, aber über die Mauern klettern und kriechen, um unversehens mit großem Gebrüll vor den Nachbarskindern zu stehen, das ist schon was Feines. Auch wenn wir gleich wieder vertrieben werden von einer erschrockenen Mutter, deren kleines Kind an der Brust hängt und zu schreien beginnt oder von einem wütenden Opa, in dessen Salatbeet wir beim Sprung von der Mauer hinunter gelandet sind.

In unserem kleinen Haus ist im Erdgeschoß ein Kindergarten untergebracht. Von morgens bis abends ist das Haus erfüllt mit Kinderstimmen und Kinderlachen, mit Getrippel und Getrappel kleiner Füße. Durch die Fenster steige ich oft in die Räume ein, die mit Lampions und ausgeschnittenen Figuren geschmückt sind, um mitzuspielen oder zuzuhören, wenn Frau Hilburger aus dem großen Märchenbuch vorliest und wir die Tränen kaum zurückhalten können bei dem schicksalsschweren Satz „Jetzt komme ich noch einmal und dann nimmermehr …“

„Nimmermehr …“. Gab es denn das: nimmermehr?

Mit den Kindern des Kindergartens feiere ich auch alle meine Geburtstage auf kleinen Stühlchen, mit kleinen Tellerchen auf kleinen Tischchen, mit Sackhüpfen und Topfschlagen und der „Reise nach Jerusalem“. Ich bin ganz erstaunt, als meine Mutter bei der Voruntersuchung für die erste Klasse der Volksschule der Ärztin erklärt, ich sei ein „Einzelkind“. Ich – ein Einzelkind?! Die Kinder im Kindergarten also gar nicht meine Brüder und Schwestern, wie ich es so gerne gehabt hätte?

Von unserem Küchenfenster kann ich auch den Schulhof der alten Schule gegenüber sehen, die ich bald besuchen soll. Eine alte Kastanie breitet ihre große Krone über die Kinder, wenn sie in den Pausen aus den Klassenzimmern in den Schulhof hinausströmen. Ich sehe sie „Himmel und Erde“ spielen, Schulbrote werden getauscht, Rempeleien angezettelt; wer rauft, muß in der Ecke stehen. Wer weint, darf in die Schürze der Frau Lehrerin schluchzen. Es ist alles sehr aufregend für mich an unserem Küchenfenster, mein Kinderland vor den Augen.

Hinter der Schule und einigen roten Dächern der Häuser in der Steinlechnergasse sehe ich die sanften Hügel des Wienerwalds. Wenn die Vögel morgens in der Dunkelheit wieder zu singen anfangen und der Wienerwald hellgrün zu werden beginnt, ziehen wir hinaus, meine Mutter, meine Freunde und ich. Wir wälzen uns im Gras und rollen die Abhänge hinab. Jeder hat grüne Grasflecke. An den Eichenbäumen im Hörndlwald ranken sich Lianen wie Seile. Me Tarzan, you Jane.

Wenn wir müde sind, legen wir uns an den Rand des kleinen Baches und essen ein Schmalzbrot. Dann bauen wir kleine Wehre aus Hölzchen und Kieselsteinen. Unsere Hände werden rot und kalt. Wir pflücken Dotterblumen vom Bachrand und leuchten uns damit gegenseitig in die Kehle. „Ich bin jetzt der Doktor! Sag Aaa! Na bitte, ganz rot. Kriegst kein Eis!" – „Na warte, jetzt bin ich einmal der Doktor ..."

Und das Blatt wird ein Schiff und die verkrümmte Wurzel ein eingezwängter Zwerg. Der Schatten, der fällt, ein Riese und die kleine grüne Glasscherbe im Bach ein Smaragd.

Alles ist möglich im Kinderland.

Warum müssen wir es verlassen? Warum drängen wir so ungestüm hinaus, warum werden wir so grausam hinausgedrängt? Das Tor zu unserem Kinderland fällt ins Schloß. Wo ist der Schlüssel?

Der Schlüssel liegt in uns selbst.

Ich lasse mich nicht ganz vertreiben. Ich halte einen Zipfel meiner Kinderneugierde fest, ein Stück meines Mutes, dem Unerwarteten zu begegnen, einen kleinen Rest dieser vertrauensvollen Unschuld, die Kinder auszeichnet und deren Verlust uns zeichnet.

Ich lasse mich nicht ganz vertreiben.

Senta Berger

AM ANFANG DES LEBENS

MATTHIAS CLAUDIUS

Aus: Abendlied

Seht ihr den Mond dort stehen? –
Er ist nur halb zu sehen
Und ist doch rund und schön!
So sind wohl manche Sachen,
Die wir getrost belachen,
Weil unsre Augen sie nicht sehn.

Wir stolze Menschenkinder
Sind eitel arme Sünder
Und wissen gar nicht viel;
Wir spinnen Luftgespinste
Und suchen viele Künste
Und kommen weiter vor dem Ziel.

Gott, laß uns dein Heil schauen,
Auf nichts Vergänglichs trauen,
Nicht Eitelkeit uns freun!
Laß uns einfältig werden
Und vor dir hier auf Erden
Wie Kinder fromm und fröhlich sein!

JOSEPH VON EICHENDORFF

Gottes-Segen

Das Kind ruht aus vom Spielen,
Am Fenster rauscht die Nacht,
Die Engel Gott's im Kühlen
Getreulich halten Wacht.

Am Bettlein still sie stehen,
Der Morgen graut noch kaum,
Sie küssen's, eh' sie gehen,
Das Kindlein lacht im Traum.

MASCHA KALÉKO

Einem Kinde im Dunkeln

(Für Puttel)

Gib mir deine kleine Hand.
So, nun bist du nicht allein.
Kind, du sollst nicht einsam sein
Mit dem Schatten an der Wand.

Fällt der Abend auf die Welt,
Kühlt die Sonne langsam aus.
Schläft die Wolke hinterm Haus,
Nicken Blümlein auf dem Feld.

Sternlein glimmen langsam schon,
Wind nach unserm Fenster zielt.
Und der Abendengel spielt
Mit dem blassen Mondballon.

Leise, leise rauscht der Baum …
Bäumlein sinkt. Nun ruhst du brav.
Segne dich ein guter Schlaf,
Segne dich ein schöner Traum!

MATTHIAS CLAUDIUS

Bei der Wiege

Schlaf, süßer Knabe, süß und mild!
Du deines Vaters Ebenbild!
Das bist du; zwar dein Vater spricht,
Du habest seine Nase nicht.

Nur eben itzo war er hier
Und sah dir ins Gesicht
Und sprach: Viel hat er zwar von mir,
Doch meine Nase nicht.

Mich dünkt es selbst, sie ist zu klein,
Doch muß es seine Nase sein;
Denn wenn's nicht seine Nase wär,
Wo hätt'st du denn die Nase her?

Schlaf, Knabe; was dein Vater spricht,
Spricht er wohl nur im Scherz;
Hab immer seine Nase nicht
und habe nur sein Herz!

ALFRED POLGAR

Das Kind

Nun das Kind zur Welt gekommen ist, haben alle, mit Ausnahme des Neugeborenen, grosse Freude. Verwandte und Bekannte blicken lächelnd auf das feuerrote, verrunzelte Stückchen Mensch, obzwar es doch eigentlich mehr Gefühl des Mitleids wecken sollte, denn da es ins Leben trat, trat es ja in den Tod, und mit jeder Sekunde, die es sich vom Augenblick seines Anfangs entfernt, nähert es sich dem Augenblick seines Endes. Vor neun Monaten noch unsterblich wie eine ewige Idee, ein göttliches Prinzip, ist es nun schon mittendrin im Sterben, hat von dem Zeitkapital, mit dem es sein Auslangen finden muß, vierundzwanzig Stunden schon verbraucht. „Me genesthai!" sagt der Weise, nicht geboren werden ist das beste. Aber wer hat schon das Glück? Wem passiert das schon? Unter Hunderttausenden kaum einem.

Das Kind quiekt. Not und Unbehagen sind die ersten, die an die noch verschlossene Tür des Bewußtseins klopfen und das Kind durch ihr Klopfen im Schlaf stören. Schreiend erhebt es Klage, Anklage, daß es da ist. Die Erwachsenen, ausgepichte, eingewöhnte Sträflinge des Lebens, empfangen den Zuwachs mit verlegenem Humor. Heuchlerisch fragen sie: „Na, was iserl denn?", als ob sie nicht ganz genau wüßten, was er iserlt.

Der Vater fordert das Kind, dem wirklich nicht danach ist, mit singenden Schmeicheltönen auf, zu lachen. Er späht gierig nach diesem Lachen aus, als nach einem Zeichen, daß das arme Wesen sich mit dem Schicksal, dazusein, abgefunden habe. „Na, so lach' doch, so lach' doch ein bißchen" heißt soviel wie: Zeige doch, daß du mir verzeihst, dich in die üble Gemeinschaft der Lebenden gestoßen zu haben. Vaterliebe ist zum großen Teil Schuldgefühl gegen das Geborene. Aber natürlich ist dieses Gefühl in den Papas bis zur Unmerklichkeit verkapselt, zurückgedrängt vom Schöpferstolz, obgleich ja, an der mütterlichen Leistung gemessen, des Vaters kurze Arbeit zum Werden der Kreatur nicht gar so imponierend ist.

Haust schon eine Seele in dem planvoll organisierten Zellenhäufchen? Waren die lieben Feen schon da, die die Gaben, und die bösen Magier, die die ersten Komplexe bringen? Die kleine Maschine ist in vollem Betrieb; das Herz schlägt, das Blut wandert, die Drüsen sezernieren, die Lungen schaffen Kohlendioxyd ins Freie, und die winzigen Fingerchen, Zinken einer Puppenküchengabel, schliessen sich um den Finger des gerührten Onkels. Das Kind greift nach dem, was ihm in die Hand kommt! Siehe, ein Mensch!

Wenn es zum ersten Male die Augen aufschlägt, da vollzieht sich Neugeburt des Alls durch das Neugeborene. Es öffnet der Welt Pforten, durch die sie einzieht, um zu sein. Der Ansturm ist so heftig, daß die zarten Tore immer wieder geschlossen werden. Premiererummel! Nicht stoßen, alles kommt daran. Nicht drängen, es ist Platz genug.

Auge des Kindes: da blickt eine Welt *hinein.*

Auge des erwachsenen Menschen: eine Welt blickt da *heraus*. Darum ist es so trübe wie ein Glas, an dem Millionen Spuren von Getrunkenem haften.

Das Kind schreit ohne Aufhören seinen Protest gegen das Leben, das ihm die Eltern „geschenkt" haben. Doch wenn es zu trinken bekommt, tut es einen ganz zarten Seufzer der Erleichterung, seine Züge entspannen sich, und mit jedem Schlückchen Milch saugt es ein Schlückchen Frieden in sein Antlitz. So wird der Mensch vom Beginn an durch Nahrung bestochen, seine wahre Meinung zu unterdrücken und Ruhe zu geben und herzig zu sein. Ach wie herzig ist das Kind! Alles Böse en miniature ist herzig. Auch die Hölle in Taschenformat und der Teufel, wenn er daumengroß erschiene, mit einem Mauseschwänzchen, wären herzig.

Die Mutter ruht blaß und erschöpft. Es ist ihr wunderlich zumute, so angenehm leer und so schmerzhaft verlassen, so reich beschenkt und so arg bestohlen, so fein gesegnet und so schmählich ausgenutzt. Und ihre Seele, die Gott dankt, ist heimlich gegenwärtig, daß er ihr danke. Darauf hat sie auch Anspruch. Denn der Schöpfer lebt nicht außer in seinen Geschöpfen, und jedes Stück neues Leben, das wird, ist seinem eigenen zugelegt.

Leise geht die Türe auf. Die Mutter wäre gar nicht erstaunt, wenn drei Könige aus Morgenland auf Zehenspitzen hereinkämen. Es ist aber nur der Onkel Poldi.

JOACHIM RINGELNATZ

Schlummerlied

Will du auf Töpfchen?
Fühlst du ein Dürstchen?
Oder ein Würstchen?

Senke dein Köpfchen.

Draußen die schwarze, kalte
Nacht ist böse und fremd.
Deine Hände falte.
Der liebe Gott küßt dein Hemd.

Gute Ruh!
Ich bin da,
Deine Mutter, Mama;
Müde wie du.

Nichts mehr sagen –
nicht fragen –
nichts wissen –
Augen zu.
Horch in dein Kissen.
Es atmet wie du.

MIT KINDERN LEBEN

THEODOR STORM

Die Kinder

I
Abends

Auf meinem Schoße sitzet nun
Und ruht der kleine Mann;
Mich schauen aus der Dämmerung
Die zarten Augen an.

Er spielt nicht mehr, er ist bei mir,
Will nirgend anders sein;
Die kleine Seele tritt heraus
Und will zu mir herein.

2

Mein Häwelmann, mein Bursche klein,
Du bist des Hauses Sonnenschein;
Die Vögel singen, die Kinder lachen,
Wenn deine strahlenden Augen wachen.

JAROSLAV SEIFERT

Mein erster Brief

Stecke ich den Brief hinter den Spiegel,
oder ins Nähkörbchen hinein?
Doch ach, wie soll ich ihn beginnen,
bis jetzt fiel mir noch gar nichts ein.

Mein vielgeliebtes Mütterlein …
Ich denke nach, es ist so schwer,
der Federhalter hilft mir nicht
und meine Seiten bleiben leer.

Ich wünsche dir zum Namenstage
– das D in Dir, das schreib ich groß,
na schau, da steht die zweite Zeile,
die Sache geht jetzt richtig los.

Viel Glück – das schreibt man mit ck –
Gesundheit – jetzt fang ich an zu hinken,
die Phantasie wendet sich ab
und läßt mich ganz zu Boden sinken.

Ich knülle meinen Brief zusammen
– die Mutter steht am Nudelholz
und walzt den Teig so süß und duftend –
und in Verzweiflung fällt mein Stolz.

Da hab ich plötzlich mich entschlossen
und lauf zu ihr. Sie hebt mich hoch,
drückt mich ans Herz und ihre Augen
verraten mir stumm: ich kenn dich doch.

GISELA STEINECKERT

Grüne Wolken

Ich sage, was machst du da, und das Kind sagt: Siehst du doch. Ich sage, du malst, und das Kind sagt, ja, ich male. Ich sehe zu, wie das Kind malt, und wir sagen eine Weile nichts, dann sagt das Kind: „Meine Wolke ist aber grün." Ich sage, ja, sehr schön grün. Und wundere mich, warum die Stimme des Kindes jetzt unwillig geworden ist. Das Kind sagt: „Manche sagen, es gibt keine grünen Wolken." Ich sage: „Dann haben sie vielleicht noch keine grünen Wolken gesehen, und wir müßten dein Bild an die Wand hängen, damit viele Leute sehen, daß es Wolken gibt, die so aussehen wie ein Apfel, oder …" „Nein", sagt das Kind, „nicht wie ein Apfel, wie eine grüne Wolke." Ich sage, ja, wie eine Wolke, und das Kind fragt: „Und wie sieht deine Wolke aus?" Ich sage, meine Wolke sieht manchmal aus wie Silber, manchmal ist sie blau, und manchmal ist sie weiß, manchmal ist meine Wolke auch schwarz. Das Kind sagt: „Schwarze Wolken gibt es nicht." Ich sage: „Doch, du hast vielleicht nur noch keine gesehen. Ich gehe jetzt und male eine schwarze Wolke und zeige sie dir."

„Ja", sagt das Kind, „aber in Wirklichkeit gibt es keine schwarzen Wolken, da gibt es nur grüne und die andern alle." Das Kind sagt, was machst du da, du guckst so komisch. Ich sage, ich schreibe ein Gedicht. Wie macht man das? Was ist ein Gedicht? Ich sage, ich mache es genau so wie du. Ich? Aber ich schreibe doch gar keine Gedichte! Doch, du spielst mit deinen Puppen und Stofftieren, und singst dazu alles, was dir einfällt. Du singst, wie du denkst, was du gesehen hast, was du haben möchtest, was du nicht leiden kannst, worüber du traurig bist, wen du lieb hast, und du singst böse Wörter, und Wörter, die es vorher gar nicht gegeben hat. „Und das machst du auch? Aber du bist doch kein Kind mehr, und ich hab gar nicht gehört, daß du singst."

Ich sage: „Doch, ich singe, aber nicht laut. Und ich schreibe auch auf, was ich als Kind gesehen habe."

„Macht das jeder, alle Kinder und alle Leute?" Fast alle Kinder, aber wenn sie Leute geworden sind, dann oft nicht mehr. Ist das nicht schade? O ja, das ist schade.

Das Kind sagt: „Deine schwarze Wolke ist nicht schön. Aber meine grüne Wolke ist auch nicht schön. Ich mach lieber eine bunte."

Ich sage: „Aber die grüne und die schwarze Wolke können wir trotzdem behalten." Das Kind sagt: „Nein, die schmeißen wir jetzt weg, die machen wir kaputt."

Wenn das Kind kommt, könnte ich ihm diese Zeilen zu lesen geben, aber das Kind könnte sagen, warum hast du die Anführungen mal hingesetzt und mal nicht? Laune oder System, könnte das Kind fragen, denn es hat inzwischen Germanistik studiert und hat es schwer mit sich, es merkt, wie wenig ihm das gebracht hat. Es kann sich nicht mehr so einfach freuen wie früher, und auf neue Weise freuen hat es auch noch nicht gelernt. Das Kind schreibt, wie das Kalb stehen lernt, wie der Vogel vom Nestrand fliegt. Was soll der Vergleich, könnte das Kind sagen, das Kalb kann eigentlich stehen, der Vogel eigentlich fliegen, beide wissen nur noch nicht, wie man machen muß, was einem eigentlich gegeben ist. Naja, könnte ich sagen, so meinte ich es, wenn ich sage, das Kind schreibt. Das Kind?

Vorbei ist die Zeit, da meine Tochter wissen wollte, warum die Leberwurst keinen Vornamen hat, lang vorbei auch jener Tag, an dem sie auf einem Stein einen Zwerg gesehen hat. Ich sah diesen Zwerg nicht, aber ich neigte schon damals dazu, jedem Menschen das Recht auf seinen Zwerg zu lassen. Weil ich es für möglich hielt, daß einer einen Zwerg sieht und der andere nicht. Das war gütig, aber falsch. Nachdem ich bereits der Dreijährigen zugestanden hatte, daß sie mehr sieht als ich, erwies sich diese Erfahrung als anwendbar für viele Situationen. Denk daran, sagte noch die Fünfzehnjährige, als sie eben die Schulmappe in eine Schultasche umgewechselt hatte und schon mit der ersten Liebe durchbrennen wollte, denk daran, den Zwerg hast du damals auch nicht gesehen. Ich hielt den Zeitpunkt für gekommen, sie zu ernüchtern, und sagte: „Du aber auch nicht!" Da sagte sie: „Doch! Ich habe ihn gesehen! Er stand zuerst auf dem Stein, und dann hat er getanzt!"

MASCHA KALÉKO

Alle Mütter …

Alle Mütter waren einmal klein.
Kinder können das oft gar nicht fassen.
Wenn die Kinderschuhe nicht mehr passen,
Fällt es ihnen wohl zuweilen ein.
Große Kinder suchen fremde Gassen,
Mütter bleiben später oft allein.

Alle Kinder werden einmal groß.
Mütter können das oft nicht begreifen.
Kleines Mädchen mit den bunten Schleifen,
Spieltest gestern noch auf ihrem Schoß;
Kleiner Sohn, mußt du die Welt
durchstreifen?
Mütter haben oft das gleiche Los.

Alle Stuben werden einmal leer.
Kahl der Tisch, verwaist und stumm
der Garten.
Diele knarrt. Und Mütter schweigen,
warten …
Manchmal kommt ein Brief von weitem her.
Stern verlischt. Und all die wohlverwahrten
Tränen tropfen ungeweint ins Meer.

KHALIL GIBRAN

Von den Kindern

Und eine Frau,
die ein Kind an ihrer Brust hielt, sagte:
Sprich zu uns von den Kindern.
Und er sagte:
Eure Kinder sind nicht eure Kinder.
Sie sind die Söhne und Töchter
der Sehnsucht des Lebens
nach sich selbst.
Sie kommen durch euch,
aber sie sind nicht von euch,
auch wenn sie bei euch sind,
gehören sie euch nicht.

Ihr könnt ihnen eure Liebe geben,
aber nicht eure Gedanken,
weil sie ihre eigenen Gedanken haben.
Ihr könnt ihren Körpern eine Behausung
 geben,
aber nicht ihren Seelen,
weil ihre Seelen im Haus von Morgen
 wohnen,
welches ihr nicht betreten könnt,
noch nicht einmal in euren Träumen.
Ihr könnt versuchen,
wie sie zu sein,
aber versucht nicht, sie euch anzugleichen,
– das Leben geht nicht rückwärts,
noch verweilt es beim Gestern.

LIS BICKEL

Erste Trauer

Es war in einem lang vergangenen Sommer. Wir machten Ferien in einem kleinen Gehöft im Süden Frankreichs. Es war ein besonders heißer Sommer, die Kinder spielten viel in der Nähe des Hauses, und ein junger Kater schlief entweder in der Sonne oder vergnügte sich in einem angebauten Strohschuppen.

Mit einem Male ein Schrei: ein gellender Schrei, und eines der Mädchen kam gerannt. Entsetzen im Gesicht, und weinend legte sie ihren Kopf auf meinen Schoß. Von vielen Schluchzern unterbrochen, brach es aus Ina heraus: „Der Kater, weißt du, erst hat er ja nur gespielt und dann, dann hat er die Maus totgemacht, so eine kleine niedliche Maus mit einem rosa Bauch, und als sie tot war, hat er sie immer in die Luft geworfen und wieder geschnappt.“ Plötzlich riß sie sich heftig von mir los und schaute mich feindlich an. Ich wußte augenblicklich, was in ihr vorging: Es war ja mein Kater, der die kleine Maus totgebissen hatte und dann auch noch mit ihr spielte. Mit einem Mal fühlte auch ich den Schmerz, ihren Schmerz und ihre Anklage. Sie hatte recht, und zwischen uns stand nun plötzlich die Frage: „Warum gibt es so etwas?“

Es waren viele Fragen und Anklagen, die nun zwischen uns standen. Am Abend dann wurden sie vorgebacht. Ich hatte Ina ins Bett gebracht und zugedeckt. Wir waren beide ernst. Streng und klar fragte sie: „Wo ist die Maus jetzt?“ Wie ein Schlag durchzuckte mich ihre Frage. Ja, wo war die Maus jetzt? Liebe und Hilflosigkeit brachten mir eine Antwort in den Sinn: „Vielleicht im Himmel der Mäuse!“

Aber ich fühlte mich selber nicht gut bei dieser schnell gegebenen Antwort. Wußte ich denn, wo die Maus jetzt war? Oder konnte es sein, daß die Maus ganz und gar nicht mehr war? Ich spürte, daß dies für das Kind, das da fragte, niemals annehmbar wäre. Aber schon folgte die nächste Frage: „Und gibt es auch einen Himmel für Katzen?“

Ich zog mir einen Stuhl ans Bett, weil ich bleiben und nicht ausweichen wollte, denn schließlich stand das Geschehen vom Morgen noch zwischen uns und ließ das alte Gefühl von Vertrauen und Nähe nicht zu.

Am Mittag hatten wir alle zusammen ein kleines Grab gemacht, mit der Hacke im Hof. Es war dann schwierig geworden: Wie sollte man die Maus herüberbringen? Auf der Schaufel? – das wäre taktlos gewesen. So hatte ich denn getan, was mir fast unmöglich erschienen war, ich faßte die tote Maus an und wickelte sie in eine großes Malvenblatt. Ich fühlte die schweigenden, bewundernden Blicke der Kinder auf mir und sagte nicht, wie schwer es mir gefallen war.

Die Katze hatten wir ins Haus gesperrt, damit sie die Beerdigung nicht störe. Es schien auch so, daß damit ein Stückchen Gerechtigkeit wiederhergestellt worden war. Wenigstens zur Beerdigung durfte der schreckliche Kater nicht kommen! Die

Kinder hatten darauf bestanden, daß das Mäusegrab ein kleines Kreuz bekäme. Und so knüpften wir gemeinsam zwei kleine Stöcke mit einem Bastfaden zusammen und steckten das Kreuz ans Kopfende des Grabes. Noch einmal ein schmerzlicher Moment. Ina weinte, als die trockene Erde auf den toten Mäusekörper fiel. Und dann sammelten die Kinder am Ackerrand Kiesel und schmückten das Grab. Einen Namen hatte die Maus auch noch erhalten bei der Beerdigung: es war das Grab von Rosalie.

Und nun, am Abend, saßen wir beieinander und klärten schwierige Fragen. Wo ist denn der Himmel? Und was tun die Mäuse da? Warum ist dann einfach jemand tot? Und was ist das, wenn man tot ist?

Lange sprachen wir miteinander. Ich weiß noch, daß ich nur wenige Antworten wußte. Aber mit Staunen stellte ich fest, daß die Fragende oft selbst die Antwort wußte und gab. Mit der Zeit fühlte ich, daß die Last langsam von uns beiden abfiel. Ich denke nicht, daß es meine eher unbeholfenen Erklärungen waren, sondern vielmehr dieses langsame, leise, suchende Gespräch miteinander, das vom dämmernden Abend begleitet wurde. Als ich aufstand, um Ina noch einen Gute-Nacht-Kuß zu geben und zu gehen, hörte ich noch, wie sie mit schläfriger Stimme sagte: „Und du denkst wirklich, daß es der Rosalie jetzt gut geht?“ Und dann gähnte sie und drehte sich um zum Schlafen.

In den folgenden Tagen wurde das Grab von Rosalie hin und wieder mit einem Blümchen geschmückt und mit Wasser besprengt.

FRIEDRICH SCHNACK

Vater und Kind

Kleine Hand in meiner Hand,
ich und du im jungen Grase,
ich und du, im Kinderland
gehn wir auf der langen Straße:
deine Hand in meiner Hand!

Kleine Hand in meiner Hand,
die einander zärtlich fassen:
ich und du, nichts hat Bestand.
Einmal, ach! muß ich dich lassen,
kleine Hand, aus meiner Hand.

Kleine Hand in meiner Hand,
kleiner Schritt bei meinem Schritt,
kleiner Fuß im weiten Land:
einmal geh ich nicht mehr mit.
Einmal gehst du ohne mich,
wie ein Traum mein Bild verblich.

ALBRECHT GOES

Die Schritte

Klein ist, mein Kind, dein erster Schritt,
Klein wird dein letzter sein.
Den ersten gehn Vater und Mutter mit,
Den letzten gehst du allein.

Seis um ein Jahr, dann gehst du, Kind,
Viel Schritte unbewacht,
Wer weiß, was das dann für Schritte sind
Im Licht und in der Nacht?

Geh kühnen Schritt, tu tapfren Tritt,
Groß ist die Welt und dein.
Wir werden, mein Kind, nach dem
letzten Schritt
Wieder beisammen sein.

KINDERSPIELE ...

RICHARD DEHMEL

Die Schaukel

Auf meiner Schaukel in die Höh,
was kann es Schöneres geben!
So hoch, so weit: die ganze Chaussee
und alle Häuser schweben.

Weit über die Gärten hoch, juchee,
ich lasse mich fliegen, fliegen;
und alles sieht man, Wald und See,
ganz anders stehn und liegen.

Hoch in die Höh! Wo ist mein Zeh?
Im Himmel! ich glaube, ich falle!
Das tut so tief, so süß dann weh,
und die Bäume verbeugen sich alle.

Und immer wieder in die Höh,
und der Himmel kommt immer näher;
und immer süßer tut es weh –
der Himmel wird immer höher.

MARLEN HAUSHOFER

Aus: Himmel, der nirgendwo endet

Es kommt eine Zeit, die heißt Herbst. Das bedeutet für Meta, daß sie immerzu dicke Wolljacken anziehen soll und lange Strümpfe; Dinge, die sie verabscheut. Sie muß in der Stube spielen und ist grantig und weinerlich. So nimmt Mama sie mit, wenn sie einen Besuch zu machen hat. Meta zeigt keine Scheu vor den fremden Menschen. Sie bleibt nicht brav auf Mamas Schoß sitzen, sondern rennt durch alle Zimmer, zieht die Schubladen auf und sucht überall nach Schätzen. Mama ärgert sich, aber die Gastgeber tun, als freuten sie sich darüber. Und warum sollten sie sich auch nicht freuen, Meta glaubt ihnen jedes Wort. Sie läßt sich von jedem an der Hand nehmen, und wer ihr eine Geschichte erzählt, hat sie schon für sich gewonnen. Sie teilt die Großen ein in solche, die Geschichten erzählen, und solche, die nur lästig sind. Die meisten sind nur lästig. Dabei sollten die Großen doch nur dazu auf der Welt sein, um sie, Meta, zu unterhalten. Die Geschichtenerzähler dürfen aussehen, wie sie wollen; sie müssen auch nicht gut riechen oder sich sonstwie hervortun. Es genügt, wenn sie erzählen können. Die Nichtgeschichtenerzähler müssen schon besondere Kunststücke zeigen, wenn sie Metas Wohlwollen erringen möchten. Einer von ihnen ist der Jagdpächter aus Amerika, der sich von ihr dirigieren

läßt wie ein braves dickes Pferd. Jeden Morgen reitet sie auf seinen Schultern zu einem bestimmten Apfelbaum und holt dort ein Stück Schokolade aus einer Astgabel. Auch sonst ist er zu verwenden. „Leg dich hin!“ schreit Meta, und er läßt sich auf den Bauch fallen. „Steh auf!“, und er krabbelt auf den Knien und rappelt sich schnaufend hoch. Er ist wirklich ganz lustig, und Meta findet es angenehm, einen so stattlichen Mann als Sklaven zu besitzen.

Und die alte Exzellenz aus Wien kommt doch sicher nur, um Meta Märchen zu erzählen. Die alte Exzellenz ist sonderbarerweise ein Mann und hat einen weißen Schnurrbart, und er oder sie riecht sehr vornehm. Manche Gäste bringen Süßigkeiten, sie sind nicht so geschätzt wie die Geschichtenerzähler.

Mama rennt immerzu hinter Meta her und will sie zu sich in die Küche holen, weg von der lustigen Männerwelt, von den tiefen Stimmen, dem Tabakrauch und weg von den zauberhaften unverständlichen Geschichten und dem dröhnenden Gelächter. Wenn die Gäste abgereist sind, bleibt eine verzogene, ungehorsame Meta zurück, die nicht begreifen kann, warum das lustige Leben ein Ende hat.

Aber es dauert nicht sehr lange, und schon kommt der alte Förster Scherleithner, der Vater beim Holzmessen helfen soll. Ihn hat Meta gern, obgleich er kein Erzähler ist. Er ist ja schon alt und möchte selber immer Geschichten von Meta hören. Auf seinen Knien sitzend, erzählt sie ihm alle Märchen, die sie längst auswendig kann, und der Alte wird ganz wunderlich und läßt sich den langen

Bart zu Zöpfchen flechten. Mama will dagegen einschreiten, aber der alte Mann behauptet, es mache ihm Spaß, und so muß sie wieder in die Küche abziehen.

ERICH KÄSTNER

Aus: Pünktchen und Anton

Anton mußte sich auf einen Stuhl setzen. Die anderen spielten ihm das Märchen vom Rotkäppchen vor. Piefke konnte seine Rollen schon sehr gut. Aber auch diesmal wollte er Pünktchen nicht fressen. „Vielleicht lernt er es, wenn er ein paar Jahre älter geworden ist", sagte das Mädchen. Anton meinte, die Aufführung sei trotzdem ausgezeichnet gewesen. Er klatschte wie im Theater. Pünktchen verbeugte sich zehnmal und warf Kußhände, und Piefke bellte, bis er ein Stück Zucker bekam.

„Und was spielen wir jetzt?" fragte Pünktchen. „Ich könnte ja heute mal: Der bucklige Schneider und sein Sohn sein. Oder spielen wir Mutter und Kind, und Piefke ist das Baby? Nein, wir spielen Einbrecher! Du bist Robert der Teufel, ich bin die dicke Berta, und wenn du durch die Tür kommst, haue ich dir mit der Keule über den Kopf."

„Und wer spielt die drei Polizisten?" fragte er.

„Ich bin Berta und die drei Polizisten", erklärte sie.

„Du kannst doch nicht mit dir selber tanzen", wandte Anton ein. Das war also wieder nichts. „Ich weiß etwas", sagte er: „Wir spielen die Entdeckung Amerikas. Ich bin Kolumbus."

„Gut", rief Pünktchen. „Ich bin Amerika, und Piefke ist das Ei."

„Was ist er?"

„Das Ei", meinte sie. „Das Ei des Kolumbus."

Das kannte er nicht, es war in der Schule noch nicht drangewesen.

„Jetzt hab ich's!" rief er. „Wir spielen: Im Faltboot über den Ozean." Sie räumten den Tisch ab und stürzten ihn um, daß die Beine nach oben ragten. Das war das Boot. Und während Anton aus der Tischdecke ein Segel machte, ging Pünktchen in die Speisekammer und holte Schiffsvorräte: einen Topf mit Marmelade, die Butterdose, mehrere Messer und Gabeln, zwei Pfund Kartoffeln, eine Schüssel Birnenkompott und eine halbe Schlackwurst. „Schlackwurst ist gut", sagte sie. „Schlackwurst hält sich monatelang." Sie packten die Vorräte ins Boot und dann war gerade noch Platz für die Kinder und den Hund. Neben dem Tisch stand eine Waschschüssel mit Wasser. Darin planschte Pünktchen, während sie über den Ozean fuhren, und sagte: „Das Meer ist furchtbar kalt." Anton stieg mitten auf dem Ozean aus, holte Salz und streute es in die Waschschussel. „Meerwasser muß salzig sein", behauptete er.

Dann kam eine Windstille. Die dauerte drei Wochen. Anton ruderte zwar mit Spazierstöcken, aber man kam kaum vom Fleck. Pünktchen und er und Piefke aßen die Schlackwurst auf, und Pünktchen jammerte: „Kapitän, die Vorräte gehen zu Ende."

„Wir müssen aushalten!" rief Anton. „Dort drüben liegt Rio de Janeiro", und er zeigte aufs Bett.

„Gott sei Dank", sagte Pünktchen. „Sonst wäre ich glatt verhungert." Dabei war sie vom Mittagessen und von der Schlackwurst so satt, daß ihr ganz schlecht war.

„Und jetzt kommt ein scheußlicher Sturm", sagte Anton, stieg aus und wackelte an dem Tisch. „Hilfe!" schrie Pünktchen verzweifelt, „wir gehen unter!" Dann warfen sie die zwei Pfund Kartoffeln über Bord, um das Boot zu erleichtern. Aber Anton und der Sturm ließen nicht nach. Pünktchen hielt sich den Bauch und erklärte: „Ich werde seekrank." Und Piefke fiel, weil haushohe Wellen kamen, in die Schüssel mit dem Birkenkompott, daß es nur so spritzte. Anton war der Wind und heulte.

Endlich ließ das Unwetter nach, der Junge schob den Tisch ans Bett, und in Rio de Janeiro stiegen sie an Land. Die dortige Bevölkerung begrüßte die Ozeanfahrer aufs herzlichste. Sie wurden zu dritt fotografiert. Piefke hatte sich zusammengerollt und leckte begeistert sein klebriges Fell. Es schmeckte nach Birnentunke.

„Vielen Dank für den freundlichen Empfang", sagte Püntkchen. „Es war eine Zeit voller Entbehrungen, aber wir werden gern daran zurückdenken. Mein Kleid ist leider hin, und heimwärts fahre ich mit der Eisenbahn. Sicher ist sicher."

„Ich bin Antonio Gastiglione, der Oberbürgermeister von Rio de Janeiro", brummte der Junge. „Ich heiße Sie und mich bei uns herzlich willkommen und ernenne Sie und Ihren Hund zum Weltmeister im Ozeanfahren."

„Vielen Dank, mein Herr", sagte Pünktchen. „Wir werden Ihren Pokal stets hochhalten." Damit nahm sie die Butterbüchse aus dem Boot und meinte mit Kennermine: „Echt Silber, mindestens zehntausend Karat."

Dann ging die Tür auf, und Antons Mutter kam herein. Da war die Freude groß. „Herr Pogge hat mich mit dem Auto abgeholt", erzählte sie. „Aber wie sieht es denn hier aus?"

„Wir haben soeben den Ozean überquert", teilte Pünktchen mit, und dann räumten sie das Zimmer auf. Piefke wollte sich aus freien Stücken noch einmal in das Birnenkompott setzen, aber Antons Mutter schlug es ihm rundweg ab.

ERICH KÄSTNER

Die Sache mit den Klößen

Der Peter war ein Renommist.
Ihr wißt vielleicht nicht, was das ist.
Ein Renommist, das ist ein Mann,
der viel verspricht und wenig kann.

Wer fragte: „Wie weit springst du, Peter?“,
bekam zur Antwort: „Sieben Meter.“
In Wirklichkeit – Kurt hat's gesehn –
sprang Peter bloß drei Meter zehn.

So war es immer. Peter log,
daß sich der stärkste Balken bog.
Und was das Schlimmste daran war:
Er glaubte seine Lügen gar!

Als man einmal vom Essen sprach,
da dachte Peter lange nach.
Dann sagte er mit stiller Größe:
„Ich esse manchmal dreißig Klöße.“

Die andern Kinder lachten sehr,
doch Peter sprach: „Wenn nicht noch mehr!“
„Nun gut“, rief Kurt, „wir wollen wetten.“
(Wenn sie das bloß gelassen hätten!)

Der Preis bestand, besprachen sie,
in einer Taschenbatterie.
Die Köchin von Kurts Eltern kochte
die Klöße, wenn sie's auch nicht mochte.

Kurts Eltern waren ausgegangen.
So wurde endlich angefangen.
Vom ersten bis zum fünften Kloß,
da war noch nichts Besondres los.

Die andern Kinder saßen stumm
um Peter und die Klöße rum.
Beim siebenten und achten Stück
bemerkte Kurt: „Er wird schon dick."

Beim zehnten Kloß ward Peter weiß
und dachte: „Kurt erhält den Preis."
Ihm war ganz schlecht, doch tat er heiter
und aß, als ob's ihm schmeckte, weiter.

Er schob die Klöße in den Mund
und wurde langsam kugelrund.
Der Anzug wurde langsam knapp.
Die Knöpfe sprangen alle ab.

Die Augen quollen aus dem Kopf.
Doch griff er tapfer in den Topf.
Nach fünfzehn Klößen endlich sank
er stöhnend von der Küchenbank.

Die Köchin Hildegard erschrak,
als er so still am Boden lag.
Dann fing er gräßlich an zu husten,
daß sie den Doktor holen mußten.

„Um Gottes willen“, rief er aus,
„der Junge muß ins Krankenhaus.“
Vier Klöße stecken noch im Schlund.
Das war natürlich ungesund.

Mit Schmerzen und für teures Geld
ward Peter wieder hergestellt.
Das Renommieren hat zuzeiten
auch seine großen Schattenseiten.

ILSE AICHINGER

Das Fenster-Theater

Die Frau lehnte am Fenster und sah hinüber. Der Wind trieb in leichten Stößen vom Fluß herauf und brachte nichts Neues. Die Frau hatte den starren Blick neugieriger Leute, die unersättlich sind. Es hatte ihr noch niemand den Gefallen getan, vor ihrem Haus niedergefahren zu werden. Außerdem wohnte sie im vorletzten Stock, die Straße lag zu tief unten. Der Lärm rauschte nur mehr leicht herauf. Alles lag zu tief unten. Als sie sich eben vom Fenster abwenden wollte, bemerkte sie, daß der Alte gegenüber Licht angedreht hatte. Da es noch ganz hell war, blieb dieses Licht für sich und machte den merkwürdigen Eindruck, den aufflammende Straßenlaternen unter der Sonne machen. Als hätte einer in seinen Fenstern die Kerzen angesteckt, noch ehe die Prozession die Kirche verlassen hat. Die Frau blieb am Fenster.

Der Alte öffnete und nickte herüber. Meint er mich? dachte die Frau. Die Wohnung über ihr stand leer, und unterhalb lag eine Werkstatt, die um diese Zeit schon geschlossen war. Sie bewegte leicht den Kopf. Der Alte nickte wieder. Er griff sich an die Stirne, entdeckte, daß er keinen Hut aufhatte, und verschwand im Innern des Zimmers.

Gleich darauf kam er in Hut und Mantel wieder. Er zog den Hut und lächelte. Dann nahm er ein weißes Tuch aus der Tasche und begann zu winken. Erst leicht und dann immer eifriger. Er hing über die Brüstung, daß man Angst bekam, er würde vornüberfallen. Die Frau trat einen Schritt zurück, aber das schien ihn nur zu bestärken. Er ließ das Tuch fallen, löste seinen Schal vom Hals – einen großen bunten Schal – und ließ ihn aus dem Fenster wehen. Dazu lächelte er. Und als sie noch einen weiteren Schritt zurücktrat, warf er den Hut mit einer heftigen Bewegung ab und wand den Schal wie einen Turban um seinen Kopf. Dann kreuzte er die Arme über der Brust und verneigte sich. Sooft er aufsah, kniff er das linke Auge zu, als herrschte zwischen ihnen ein geheimes Einverständnis. Das bereitete ihr so lange Vergnügen, bis sie plötzlich nur mehr seine Beine in dünnen, geflickten Samthosen in die Luft ragen sah. Er stand auf dem Kopf. Als sein Gesicht gerötet, erhitzt und freundlich wieder auftauchte, hatte sie schon die Polizei verständigt.

Und während er, in ein Leintuch gehüllt, abwechselnd an beiden Fenstern erschien, unterschied sie schon drei Gassen weiter über dem Geklingel der Straßenbahnen und dem gedämpften Lärm der Stadt das Hupen des Überfallautos. Denn ihre Erklärung hatte nicht sehr klar und ihre Stimme erregt geklungen. Der alte Mann lachte jetzt, so daß sich sein Gesicht in tiefe Falten legte, streifte dann mit einer vagen Gebärde darüber, wurde ernst, schien das Lachen eine Sekunde lang in der hohlen Hand zu halten und warf es dann hinüber. Erst als der Wagen schon um die Ecke bog, gelang es der Frau, sich von seinem Anblick loszureißen.

Sie kam atemlos unten an. Eine Meschenmenge hatte sich um den Polizeiwagen gesammelt. Die Polizisten waren abgesprungen, und die Menge kam hinter ihnen und der Frau her. Sobald man die Leute zu verscheuchen suchte, erklärten sie einstimmig, in diesem Haus zu wohnen. Einige davon kamen bis zum letzten Stock mit. Von den Stufen beobachteten sie, wie die Männer, nachdem ihr Klopfen vergeblich blieb und die Glocke allem Anschein nach nicht funktionierte, die Tür aufbrachen. Sie arbeiteten schnell und mit einer Sicherheit, von der jeder Einbrecher lernen konnte. Auch in dem Vorraum, dessen Fenster auf den Hof sahen, zögerten sie nicht eine Sekunde. Zwei von ihnen zogen die Stiefel aus und schlichen um die Ecke. Es war inzwischen finster geworden. Sie stießen an einen Kleiderständer, gewahrten den Lichtschein am Ende des schmalen Ganges und gingen ihm nach. Die Frau schlich hinter ihnen her.

Als die Tür aufflog, stand der alte Mann, mit dem Rücken zu ihnen gewandt, noch immer am Fenster. Er hielt ein großes weißes Kissen auf dem Kopf, das er immer wieder abnahm, als bedeutete er jemandem, daß er schlafen wolle. Den Teppich, den er vom Boden genommen hatte, trug er um die Schultern. Da er schwerhörig war, wandte er sich auch nicht um, als die Männer schon knapp hinter ihm standen und die Frau über ihn hinweg in ihr eigenes finsteres Fenster sah.

Die Werkstatt unterhalb war, wie sie angenommen hatte, geschlossen. Aber in die Wohnung oberhalb mußte eine neue Partei eingezogen sein. An eines der erleuchteten Fenster war ein Gitterbett geschoben, in dem aufrecht ein kleiner Knabe stand. Auch er trug sein Kissen auf dem Kopf und die Bettdecke um die Schultern. Er sprang und winkte herüber und krähte vor Jubel. Er lachte, strich mit der Hand über das Gesicht, wurde ernst und schien das Lachen eine Sekunde lang in der hohlen Hand zu halten. Dann warf er es mit aller Kraft den Wachleuten ins Gesicht.

RAFIK SCHAMI

Verlorene Joker

Lesen ist oft ein harmloser Zeitvertreib, doch manchmal geschehen dabei wundersame Dinge. Ich erinnere mich an viele solcher Augenblicke, in denen der Körper leicht wurde und durch die Zeilen hindurch in das Geschehen eintauchte. Ich schwebte wie eine Feder durch Jahrzehnte und Länder zurück zu meiner Gasse im Damaskus der fünfziger Jahre. Ich sah mich kniend und mit der letzten verbliebenen Murmel auf eine andere Murmel zielen. Ich spürte mein rasendes Herzklopfen. Unter den Kindern herrschte explosive Ruhe. Ich hatte einen schlechten Tag, und diese Murmel war meine letzte Chance. Meine Hand verzauberte sich durch meine Hoffnung, ich traf die Murmel aus fast drei Metern Entfernung und gewann über zehn weitere. Der Tag war gerettet.

Damals gehörte die Straße mit all ihren Geheimnissen und Abenteuerecken uns Kindern. Sie war wie eine verschlossene Muschel, die Kennern manchmal eine Perle freigibt. Heute birgt die Straße keine Geheimnisse mehr, die Erwachsenen haben die Straßen beschlagnahmt, sie begradigt und erweitert und so ihren Zauber zerstört. Bleich und formlos wie eine verwitterte Muschelschale liegt sie nun da, offen und leer. Damals hatte jede Gasse ihren eigenen Geruch, hatte Charakter und Winkel, keine glich der anderen. Unsere Straße roch nach Anis, da es inmitten der Häuser ein Anislager gab. Ein alter Mann mit O-Beinen verbrachte den ganzen Tag damit, Anis zu sieben und in große Säcke zu füllen. Er war seit seinem zehnten Lebensjahr beim Anishändler angestellt. Von Jahr zu Jahr wurde der Mann kleiner und sah grüngrau wie die Aniskörner aus, wenn er bei Sonnenuntergang nach Hause ging. Mit der Zeit sah er auch schon grüngrau aus, wenn er am Morgen kam. Und wurde immer kleiner, bis er eines Tages verschwand. Meine Großmutter sagte, er sei inzwischen so klein geworden, daß er durch das Sieb fiel, in einen Sack verpackt und ins Ausland verschickt wurde.

Vielleicht waren wir nie so satt, gegen jeden Schaden so sicher und versichert wie die heutigen

Kinder, doch uns gehörten die Straßen. Wir verlängerten die Kindheit, so weit es ging, während heute die Welt voller Pläne steckt, wie man Kinder am schnellsten zu Erwachsenen macht. Kindheit aber ist kein Zeitabschnitt. Kindheit ist ein Lebewesen, das nun nach und nach wie so viele liebenswerte Lebewesen ausgerottet wird. Die Kinder der Welt gehören ihren Völkern nicht. Sie sind ein über den Erdball verstreutes Volk, das nun, besiegt durch die Erwachsenen-Völker, unter den Bedingungen des Siegers lebt. Dieser Gedanke kommt mir immer wieder, wenn ich durch deutsche Städte gehe und Spielplätze sehe: Reservate mit merkwürdigen Konstruktionen aus totem Holz, Kunststoff, Beton oder Stahl. In Damaskus gab es in meiner Kindheit keinen einzigen Spielplatz. Die Stadt war unser Abenteuerplatz.

Schatzkammern, Verstecke und Geheimtreffpunkte bot meine Gasse. Das Haus neben der Pauluskirche war der Mittelpunkt unserer Kinderbande. Es gehörte einem Mann, der sein Glück in Brasilien versucht hatte und irgendwo im tropischen Wald verschwunden war. Der herrenlose Garten dieses Hauses war die beliebteste Schatzkammer der Kinder. Hier versteckte ich alle Spielgewinne, die ich nicht mit nach Hause nehmen durfte, da meine Eltern diese Schätze nur als Abfall empfanden. Wir sprachen dieselbe Sprache, doch wir gehörten zwei verschiedenen Völkern an. Meine Schätze, ob Dattelkerne, Kronkorken oder Heftblätter, die mir ungeheures Ansehen brachten und Freude bereiteten, erzeugten bei meinen Eltern nur eine verkrampfte Miene und den Satz: „In die Mülltonne damit!"

Neben Aramäisch und Arabisch lernte ich in der Schule Französisch und Englisch. Auf der Gasse aber brachte mir mein Freund Nader eine Geheimsprache bei, die wir bald so meisterlich beherrschten, daß keiner uns verstand. Welch ein Glück! Die Erwachsenen schauten uns verwirrt und hilflos an. In solchen Augenblicken war ich ein Astronaut von einem anderen Planeten.

Alles konnte man auf der Straße finden: Trauer, Freude, Schmerz, Krieg, Frieden, Freundschaft, Feindschaft. Nur eines nicht: Langeweile. Wir veränderten uns ständig und die Straße mit uns, kein Baum, kein Hinterhof und kein Versteck blieben gleich durch die Jahre. Und nichts verlor seinen Zauber, weil er immer erneuert wurde, weil wir ihn immer anders erlebten.

Es war nicht so, daß wir auf den Gassen, Hinterhöfen und Dächern in einem asozialen, süßlich-rosaroten Raum umherirrten. Die Straße hatte ihre strengen sozialen Regeln, sie war meine Erzieherin, erst an zweiter Stelle kamen meine Eltern. Zusammen mit jüngeren und älteren Kindern lernte ich Verantwortung zu tragen, die Grenzen der Freiheit und die Grundregeln des Umgangs und übte mich in vielen Künsten: Diskutieren, Schlichten, Singen, Verse rezitieren und, wenn es darauf ankam, welche erfinden. Erraten von Zahlen, Namen und Orten, Kartenspielen, Zaubern und – Erzählen. Aber nicht nur unser Kopf erforschte behutsam die Geheimnisse und Fertigkeiten der Welt, sondern vor allem unser Körper: Kämpfen, Klettern, Purzelbaumschlagen, Bogenschießen, Drachensteigen, Reifenrennen, Fangen und Umarmen. Der Körper lernte zu sprechen, Freude und Schmerz auszudrücken. Vielleicht liegt es ja am Verschwinden der Kinderspiele in den industrialisierten Ländern, daß immer mehr Erwachsene nur mit dem Mund sprechen, während der Körper stumm und lahm bleibt. Allein der Alkohol befreit sie aus ihrem Schlaf, und sie holen ungelenk und grobschlächtig nach – ob als Tätscheln, Schubsen, Umarmen oder Balgen –, was sie als Kinder versäumt haben.

Als ich vor vierzig Jahren auf der Gasse spielte, hatte jede Saison ganz streng ihr Spiel. Wer festlegte, wann die Zeit eines bestimmten Spieles begann und wann sie endete, bleibt ein Geheimnis der Kindheit. Einzig Murmelspiele waren als Brücke zwischen allen Jahreszeiten zugelassen.

Das Jahr eröffnete unser Spiel mit Nüssen, Oliven- und Dattelkernen im Winter, Nüsse konnte der Gewinner später essen, Oliven- und Dattelkerne der Brikettfabrik bringen. Sie brannten gut und brachten uns ein paar Piaster. Ich aber liebte besonders ein Spiel, weil ich nur bei diesem Spiel die Möglichkeit hatte, bei Samira, einem schönen dunkelhäutigen Mädchen aus der Nachbarschaft, lange zu liegen. Ich habe immer dabei gemogelt. Man sollte die Liegenden kitzeln, um sie zum Lachen zu bringen. Ich aber lag neben Samira und streichelte sie, und sie lächelte und blieb still.

Kurz vor Ostern spielte man mit gekochten Eiern und dehnte die Zeit oft bis auf drei Wochen nach dem Fest aus. Länger nicht, denn danach begann das Spiel mit den Aprikosenkernen, die sehr begehrt waren, da sie viel Geld brachten. Es gab da die teuren, süßen Kerne, die zu einer mandelähnlichen Masse verarbeitet wurden; aus den etwas kleineren, bitteren Kernen wurde Öl gepreßt.

Dann flogen irgendwann die Bälle aus den Häusern, und wir folgten hypnotisiert ihren Sprüngen, um die in den Wintermonaten aufgestaute Energie loszuwerden. Fußball und Basketball waren die beliebtesten Spiele. Heute spielen es die Kinder in meiner Stadt bestimmt immer noch, wahrscheinlich haben sie bessere Bälle und beherrschen die Regeln perfekter, doch unsere „Joker“ sind ihnen mit

Sicherheit unbekannt. Joker, das waren ein oder mehrere Kinder, die zu klein und zu jung waren und doch gerne mitspielen wollten. Sie durften mit aufs Feld, rannten leidenschaftlich mit, schossen die Bälle kreuz und quer, warfen sich ins Zeug und wurden immer akzeptiert und lieb behandelt, da sie zu keiner der beiden Mannschaften gehörten. Ihre Tore wurden nicht gezählt, sie wechselten die Seiten und lachten vergnügt im Glauben, sie spielten ernsthaft Fußball. Es machte allen tatsächlich großen Spaß mit den Jokern.

War die Schule Ende Juni vorbei, folgte das Papierspiel. Die Schulhefte wurden auseinandergerissen und die Blätter mehrmals gefaltet und gebündelt, so als wären sie Geldscheine. Bücherseiten und Zeitungspapier waren ungültig. Als hätten alle Kinder in Damaskus Zweifel an Sinn und Inhalt der Hausaufgaben, hatte ein unbeschriebenes Blatt den Wert von fünf vollgeschriebenen Blättern. Von weißen Blättern konnte bald nicht mehr die Rede sein, da das Papier von schmutzigen Fingern gefaltet, gebündelt, gezählt und mehrmals beim Besitzerwechsel wütend auf den Boden geschleudert wurde. Es behielt aber seinen Wert bis zum Ende der Ferien. Danach wollte keiner auch nur eine einzige Murmel für eine Tonne gefaltetes Papier geben. Im Winter wurden die Stapel in die Holzöfen gesteckt, denn im kommenden Jahr waren sie wertlos.

Getrickst und geschummelt wurde natürlich bei jedem Spiel. Ich erinnere mich dabei an einen Witz, den die Kinder meiner Gasse erzählten. Jesus, der nicht einmal am Kreuz Wunder wirken wollte, habe beim Spiel doch der Verführung nicht widerstehen können. Eines Tages im Himmel spielte Jesus gegen Mohammed Backgammon. Als Jesus gegen seinen Rivalen bereits so weit verloren hatte, daß selbst der letzte Wurf ihn nicht hätte retten könne, auch wenn er ein Sechser-Pasch gewesen wäre, höhnte Mohammed: „Gib auf, Junge! Da hilft nichts mehr!“ Sein breites Lachen aber gefror, als Jesus die Würfel lässig lächelnd über das Brett warf: zweimal die Sieben! Mohammed kochte vor Wut. „Hör mal gut zu“, fauchte er, „das ist hier kein Wunder, das ist Betrug!“

… UND DIE TÜCKEN DER ERZIEHUNG

JEANNE VAN DEN BROUCK

Die elterliche Wohnung

Im allgemeinen bewohnen Eltern Häuser, die von unterschiedlichster Bauart sein können, oder sie leben in Teilen von Häusern, sogenannten Wohnungen, oder auch in Zelten, Wohnwagen, Höhlen, Fässern und auf Bäumen oder an Stellen, wo man es noch weniger erwartet. Kennzeichnend für die elterliche Wohnung sind aber, von einigen ganz seltenen Ausnahmen abgesehen, Unordnung, Schmutz, Verschwendung, Irrationalität. Die Eltern können nichts dafür; es handelt sich hier um einen typischen Zug der Spezies.

Eltern verwenden völlig falsche Ordnungssysteme, und sie klammern sich mit wunderlicher Halsstarrigkeit daran. Zum Beispiel pflegen sie Gegenstände der gleichen Art alle an einem einzigen Ort aufzubewahren. Damit steht eines fest: Wo immer sie sich gerade befinden, sie haben nie all die Dinge zur Hand, deren sie bedürfen. Jedes vernünftige Kind strebt danach, sich bald da, bald dort ein Lager anzulegen, das eine möglichst breite Palette nützlicher oder angenehmer Gegenstände umfaßt, um augenblicklich darüber verfügen zu können, wenn es den Wunsch empfindet. Eltern indessen verlieren Stunden, Tage, ja sogar Monate ihres Lebens, um in der Ferne Gegenstände zu suchen, deren sie bedürfen, und sie nach Gebrauch wieder zurückbringen. Die Unvernunft dieses Vorgehens tritt deutlich zutage, wenn man sich die unüberwindlichen

Schwierigkeiten vergegenwärtigt, die sich für den Säugling oder das Kleinkind aus diesem Ordnungsprinzip ergeben. Sie bewegen sich auf allen Vieren oder durch Drehungen um die eigene Achse, folglich liegen die meisten Punkte des elterlichen Ordnungssystems zu hoch für sie, und sie sind gezwungen, andere Personen zu beschäftigen, einzig und allein zu dem Zweck, sich den täglichen Kram aus seinen unerreichbaren Lagern holen zu lassen.

Ich kenne allerdings den Fall eines Vaters, der probiert hat, im Kreise seiner Familie vernünftigere Methoden einzuführen. Er legte die Dinge, deren er sich bediente, genau an der Stelle ab, wo er sie zuletzt benutzt hatte. Er hielt es nämlich für sehr wahrscheinlich, daß sie ihm an eben diesem Platz wieder dienlich sein könnten. Von seinem Sohn einmal abgesehen, zeigten jedoch alle Mitglieder seiner Familie das stumpfsinnigste Unverständnis, und sie bemühten sich unter fadenscheinigsten Vorwänden, seine Organisation durcheinanderzubringen.

Die Wohnung der Eltern ist oftmals schmutzig. Sie schütten dort alle Arten von durchdringend riechenden chemischen Erzeugnissen aus. Dies geschieht in der erklärten Absicht, die natürlichen Gerüche zu verändern oder auszuschalten. Für den Erwachsenen ist es desto „sauberer", je mehr Bohnerwachs, Bleichlauge und Waschmittel im Haus sind.

Eltern versperren ihre Wohnung mit allen Arten von unnützen Gegenständen, die zudem uninteressant, häßlich und für den Verzehr nicht geeignet sind. Diese Dinge sind häufig sehr teuer, und sie werden auf Kosten nützlicher Sachen angeschafft. Der Wert unzähliger Tafeln Schokolade wird solchermaßen in chinesische Vasen, bronzene Plastiken, bunte Bilder, in Pendeluhren und andere Belanglosigkeiten investiert. Väter und Mütter spielen praktisch niemals mit diesem Zeug, aber sie legen unerbittlich großen Wert darauf. Man hat mir den folgenden Fall zugetragen: Ein Vater hatte die ganze Wand seines Wohnzimmers mit einem gläsernen Regal versperrt, das mit zerbrechlichen Gegenständen überladen war. Sie waren größtenteils vollkommen nutzlos, verursachten ihm aber unaufhörliche Sorge. Seine kleine Tochter wollte ihm zu Hilfe kommen, und es gelang ihr eines Tages mit übermenschlicher Anstrengung, das Regal mit seinem ganzen Inhalt zum Umkippen zu bringen. So machte sie mit einem Schlag diesen ganzen Plunder zunichte, der ihren Papa daran hinderte, sich seines Lebens in Ruhe zu erfreuen und sich im Wohnzimmer ungestört zu belustigen. Ob Ihr es mir glaubt oder nicht, als der Vater die Arbeit sah, erlitt er einen regelrechten hysterischen Anfall.

Es ist allem Anschein nach besser, wenn man die Eltern ihren Lebensstil nach ihrem eigenen Geschmack gestalten läßt, selbst wenn sie ihn völlig falsch organisieren. Man bescheide sich mit kleineren und behutsamen Eingriffen, und man führe sie aus, ohne die Aufmerksamkeit der Eltern allzusehr zu erregen, was diese ohnehin nicht zu würdigen wüßten. Auf diese Weise gelangt man oft dahin, im stillen für das Wohl der Eltern zu wirken, ohne daß man ihnen den Grund dafür nennen könnte. Man kann nur hoffen, daß sie die Dinge später verstehen und sich dankbar erweisen werden.

BERTOLT BRECHT

Was ein Kind gesagt bekommt

Der liebe Gott sieht alles.
Man spart für den Fall des Falles.
Die werden nichts, die nichts taugen.
Schmökern ist schlecht für die Augen.
Kohlentragen stärkt die Glieder.
Die schöne Kinderzeit, die kommt
nicht wieder.
Man lacht nicht über ein Gebrechen.
Du sollst Erwachsenen nicht
widersprechen.
Man greift nicht zuerst in die Schüssel
bei Tisch.
Sonntagsspaziergang macht frisch.
Zum Alter ist man ehrerbötig.
Süßigkeiten sind für den Körper
nicht nötig.
Kartoffeln sind gesund.
Ein Kind hält den Mund.

ROBERT WALSER

Angst vor dem Dunkel

Die Eltern prägen den Kindern die fürchterliche Angst vor dem Dunkel ein und schicken dann zur Strafe die Unartigen in stille, schwarze Kammern. Da greift nun das Kind im Dunkel, im dicken Dunkel und stößt nur auf Dunkel. Des Kindes Angst und das Dunkel kommen ganz gut miteinander aus, aber nicht das Kind mit der Angst. Das Kind hat soviel Talent, Angst zu haben, daß die Angst immer größer wird. Sie bemächtigt sich des kleinen Kindes, denn sie ist etwas so Großes, Dickes, Schweratmendes; das Kind würde zum Beispiel gern schreien wollen, aber es wagt es nicht. Dieses Nicht-Wagen vergrößert noch seine Angst: denn etwas Furchtbares muß da sein, wenn man nicht einmal vor Angst Angstschreie ausstoßen darf. Das Kind glaubt, jemand horche im Dunkel. Wie schwermütig einen das macht, sich solch ein armes Kind vorzustellen. Wie die armen Öhrchen sich anstrengen, ein Geräusch zu erhorchen: nur den tausendsten Teil eines Geräuschleins. Nichts hören ist viel angstvoller als etwas hören, wenn man schon einmal im Dunkel steht und hinhorcht. Überhaupt schon: hinhorchen und beinahe das eigene Horchen hören. Das Kind hört nicht auf, zu hören. Manchmal horcht es, und manchmal hört es nur, denn das Kind weiß zu unterscheiden in seiner namenlosen Angst. Wenn man sagt: hören, so wird eigentlich etwas gehört, aber wenn man sagt: horchen, so horcht man vergeblich, man hört nichts, man möchte hören. Horchen ist Sache des Kindes, das in eine dunkle Kammer eingesperrt wird, zur Strafe für Unarten. Denke man sich jetzt, daß jemand herankäme, leise, fürchterlich leise. Nein, das lieber nicht denken. Lieber das nicht denken. Derjenige, der das denkt, stirbt mit dem Kind vor Schreck. So zarte Seelen haben Kinder, und solchen Seelen solche Schrecknisse zudenken! Eltern, Eltern, stecket nie eure unartigen Kinder in dunkle Kammern, wenn ihr sie vorher gelehrt habt, Angst vor dem sonst so lieben, lieben Dunkel zu empfinden.

ANONYM

Wächst ein Kind auf …

Wächst ein Kind mit Kritik auf –
Lernt es, zu verurteilen!

Wächst ein Kind mit Haß auf –
Lernt es, zu kämpfen!

Wächst ein Kind mit Spott auf –
Lernt es, scheu zu sein!

Wächst ein Kind mit Schmach auf –
Lernt es, sich schuldig zu fühlen!

Wächst ein Kind mit Toleranz auf –
Lernt es, geduldig zu sein!

Wächst ein Kind mit Ermutigung auf –
Lernt es, selbstsicher zu sein!

Wächst ein Kind mit Lob auf –
Lernt es, dankbar zu sein!

Wächst ein Kind mit Aufrichtigkeit auf –
Lernt es, gerecht zu sein!

Wächst ein Kind mit Sicherheit auf –
Lernt es, zuversichtlich zu sein!

Wächst ein Kind mit Anerkennung auf –
Lernt es, sich selber zu schätzen!

Wächst ein Kind mit Güte und
Freundlichkeit auf –
Lernt es, die Welt zu lieben!

CATARINA CARSTEN

Martin träumt

Der Religionslehrer bestellt die Mutter in die Schule. Dringend.

Sie sagt es Martin.

„Weißt du, was er will?“

Martin schüttelt den Kopf.

Der Religionslehrer will sich beschweren. Martin müsse sich viel mehr auf den Unterricht konzentrieren.

„So geht das nicht. Martin träumt.“

„Stört er den Unterricht?“ fragt die Mutter.

„Nein“, sagt der Religionslehrer ungeduldig, „ich sage Ihnen doch: er träumt. Er sieht zum Fenster hinaus. Vielleicht zählt er die Ziegel auf den Dächern. Es ist, als ob …“, er überlegt und fährt ärgerlich fort: „Es ist, als ob er gar nicht da wäre.“

Die Mutter bittet um Nachsicht. Der Religionslehrer wiegt den Kopf hin und her.

„Wenn das alle täten …“

Die Mutter spricht mit Martin.

„Du siehst zum Fenster hinaus, sagt der Religionslehrer.“

Martin nickt.

„Zählst du die Dachziegel?“

Martin lacht.

„Darauf kann bloß der Religionslehrer kommen.“

„Was dann?“

Martin sieht zum Fenster hinaus.

„Hast du schon mal in die Wolken geschaut?“

„O ja.“

„Ich meine: ganz lange?“

„Ja.“

„Kannst du dir vorstellen, daß man mit den Wolken fliegen kann?“

Die Mutter nickt.

„Siehst du“, sagt Martin, „immer höher, bis in den Himmel.“

Er sieht noch immer aus dem Fenster und sagt: „Der Religionslehrer tut immer so, als wüßte er alles. Aber er weiß gar nichts.“

JOACHIM RINGELNATZ

Eltern denken über Kinder nach

Das ist ein schönes Spiel für Mädchen
und Knaben:
Wenn man Papierschnipsel aus dem
Papierkorb nimmt
Und Briefe, die die Eltern zerrissen haben,
Wieder zusammensetzt, bis der Inhalt
stimmt.

Da könnten wir Kinder weinen und lachen,
Wenn wir aus dem Geschreibsel ersehn,
Was unsre Eltern sich törichte Sorgen
machen
Um unser künftiges Wohlergehn.

Da schreibt z. B. ein Papa
An eine Mama:

„Soll unser Kind dumm bleiben?
Damit es glücklich und leicht
Durchs Leben geht? Soll man es treiben
Lassen? Ohne die Hoffnung, daß es erreicht,
Was wir für des Kindes Zukunft als Ziel
Bestimmt haben? – Wir fragen zu viel,
Anstatt, daß wir fromm leben
Und unsere Kinder so wachsen lassen,
Daß sie eines Tags frei erfassen,
Welche Vorbilder wir ihnen geben."

KURT TUCHOLSKY

Wie werden die nächsten Eltern?

Von der durch die Nase zu sprechende Bemerkung „Der Alte ist ja verrückt!“ bis zu anerkennender Dankbarkeit gibt es alle Skalen im Verhältnis meiner Generation zu ihren Eltern. Aber im großen und ganzen waren wir nicht recht zufrieden; wir fühlten uns nicht verstanden, und auch ohne daß wir zur Pistole des Hasencleverschen Sohns gegriffen haben: es war doch verdammt weit von uns bis zur „alten Generation“. Beschwerdebuch –!

Unsere Mütter hatten entsetzlich viel zu tun, aber nichts zu arbeiten – und das brachte sie oft auf krause Gedanken. Da gab es neben guten Müttern viel leere Vogelgehirne, Papas, die nur aus Berufsarbeit, Schrullen und einer knarrenden Zugstiefel-Weltanschauung bestanden, Mamas, die einkauften und großreinemachten, wie man eine heilige Handlung vornimmt ... und wir immer mittendrin, ein wenig hin und her gestoßen, das Ganze hielten wir für herzlich überflüssig. Möchten Sie noch einmal jung sein? Ich für meinen Teil habe reichlich genug.

Ja, und nun wachsen um mich herum die kleinen Kinderchen hoch, sie sprießen aus dem Boden wie die Pilze nach dem Regenwetter, alle meine Schulfreunde sind so langsam Eltern geworden, manche sagen schon: „Junge, komm mal her! –“ – Ich sehe mir das so an ... Was werden das nun für Eltern –?

Werden sie freier werden? Werden sie ihre Kinder auch mit so überflüssigem Zeug plagen, mit dem wir einst geplagt worden sind? Mit Fibelstrafen, die niemand so kindlich empfindet wie Kinder, die ja immer um drei Grad erwachsener sind, als Erwachsene sich das einbilden – mit brüllenden Strafgerichten und mit jener dreimal verwünschten Dickköpfigkeit, die da befiehlt, um zu befehlen, verbietet, um zu verbieten, sich mausig macht, kurz: das vertrackte Elternspiel spielt ...? Werden die nun anders werden?

Versprochen haben sie's alle. „Wenn ich mal Kinder haben werde –" Ich bin ein wenig mißtrauisch. Erst sehen ... Jetzt haben sie die Kinder: Maud legt trocken und gibt zu trinken, Georg hat sich von den blödsinnigsten Emanationen verzückter Vaterschaft freigehalten, das ist wahr, „Dutzi-Dutzi" wird zwar immer noch an Kinderbettchen gemacht, aber wohl etwas weniger als früher, und die Wunderkinder, die schon alles mögliche können, sind dünner gesät, scheint's. Aber ich weiß doch nicht recht ...

Noch haben die kleinen Dinger keinen eigenen Willen, dem sie sprachlich spürbaren Ausdruck verleihen können; noch sind ihre Wünsche verhältnismäßig bequem, noch weiß die junge Mutter in den meisten Fällen nicht, daß sie nun, in diesen Jahren, den Grund zu ganzen Epochen legt. Was wird das werden –?

Was geschieht, wenn das, was da heranwächst, nun eigene Wege geht? Sieht man so die jungen Eltern an, so kann man ziemlich deutlich zwei Sorten unterscheiden: die einen, die ein bißchen viel gehen und geschehen lassen und die sich „moderne Erziehung“ mit „Bequemlichkeit“ übersetzen. „Das Kind wird schon wissen, was es tut – meine Kinder werden ganz modern erzogen –.“ Und die andern, die erstaunlich altmodisch geblieben sind und in deren Familie die alten Refrains wiederklangen. „Wenn du das nicht sein läßt, darfst du keine Süßspeise essen!“ und: „Laß das! Laß das! Du sollst das nicht tun! Komm mal her! Laß das sein!“ Das muß ich doch schon mal irgendwo gehört haben ...

Fast möchte ich meinen, daß die Generation, die sich da um mich herum vermehrt, im allgemeinen vernünftigere Eltern hat als es – verzeihe es, o lieber Leser – die unsern gewesen sind. Sie haben doch mehr Kummer durchgemacht; Krieg und Inflation haben ihnen ein bißchen von der Relativität der irdischen Dinge gezeigt; sie glauben nicht mehr gar so absolut an die absoluten Werte – sie haben es einmal im Gebälk knistern hören, das ist ein Geräusch, das ein kluger Mensch nie mehr vergißt ... Wollte Gott, es hätte etwas genützt.

Das mit dem Fortschritt ist ja so eine Sache, aber es wäre den kleinen Petern, Tobiassen und Haralds zu wünschen, daß es ihnen besser ergehen möchte als ihren immerhin ziemlich geplagten Eltern (Beifall links, Zischen rechts, Glocke des Präsidenten). Daß diese junge Generation ohne gewisse törichte Zwangsvorstellungen aufwachsen wird – das ist einmal sicher. Daß sie neue akquiriert, desgleichen:

„Unsere tägliche Selbsttäuschung gib uns heute“, sagte der alte Raabe.

Ich bin nur neugierig, wie sich eine Elternschaft aufführen wird, die so viel über sich nachgedacht hat und die so vieles bewußt tut, was man früher unbewußt ausführte. Angefressen von Skepsis, überfüttert mit Theorie, bis zum Platzen geladen mit Pathos, Zweifel, Ausbruch und Not der Zeit beugt sich diese Generation über die Kinderwagen. Welche Augen blicken ihnen entgegen? Wie immer: Augen kleiner Menschen, die da gefühllos blicken werden, wo die Alten in Haß oder Liebe zerschmelzen – die weinen oder lachen, wo die Alten stumm bleiben: „Wie man drüber lachen kann, verstehe ich nicht ...“ Es kommt ja wohl alles wieder, hienieden.

Jetzt seid Ihr dran. Hinter Türen und den Bäumen des Ferienwaldes, nach der Verlobung und auf den Kaffeegesellschaften der Mädchen, auf den kleinen Kneipereien der Jungen habt Ihr genugsam über eure Alten geruddelt. Jetzt seid Ihr dran.

Was werdet Ihr für Eltern werden –?

MASCHA KALÉKO

Mutter sein dagegen sehr

Manchmal, nach verhängter Strafe
– Sonntags nicht ins Kino gehen –
Seh ich mich, das heißt, im Geiste,
Vor dem armen Sünder stehn.

Lieber Sohn, hör ich mich sagen,
Strafe, heißt es zwar, muß sein!
Doch mir leuchten ein paar Zeilen
Meiner Rolle nicht ganz ein:

Muß es „Elternstrenge" geben
In der Welt des Achsobald?
Einmal nur in diesem Leben
Ist man dreizehn Jahre alt!

Achsobald, und arm an Haaren,
Bist auch du ein Herr mit Wanst.
– Flegel in den Flegeljahren,
Flegle dich, so lang du kannst!

… Kam Sokrates immer pünktlich nach
Hause?
Wusch Holbein sich täglich vom Kopf
bis zur Zeh?
Aß Gandhi sein Frühstücksbrot brav
in der Pause?
War Napoleon höflich zu seiner Armee?

Ob Äschylus fleißig sein Verb konjugierte,
Etcetera, – bleibt dahingestellt.
Ob Hafis sich seine Sandalen polierte?
War Byron stets sparsam mit Taschengeld?

Sag, Liebster: Ob wir nicht zu streng
mit ihm sind?
Gewiß, die Prinzipien. (Ach, hol sie der
Wind!)
Und kommenden Sonntags marschiert
unser Sünder
Ins Kino. Wie alle verzogenen Kinder.

ALFRED POLGAR

Geschichte ohne Moral

Sonntag, drei Uhr nachmittags, sagte der Gymnasiast Leopold, jetzt müsse er fort, denn der Autobus zum Fußballmatch fahre Punkt drei Uhr fünfzehn von seinem Standplatz ab.

„Und deine Schularbeiten für morgen?" fragte die Mutter.

„Die mache ich am Abend."

Tante Alwine meinte, es sei schade ums Geld für die Autofahrt, so ein junger Mensch könne auch zu Fuß gehen.

Es wurde Abend, und Leopold war noch nicht zu Hause. Und dann kam die Nachricht, daß der fahrplanmäßig um drei Uhr fünfzehn von seinem Standplatz abgegangene Autobus in einen Graben gestürzt und sämtliche Insassen schwer verletzt seien.

Die Mutter, aus der Ohnmacht erwacht, klagte sich immerzu an, sie hätte Leopold nie und nimmer erlauben dürfen, seine Schularbeiten erst am Abend zu machen. Jetzt büße sie für ihre elterliche Schwäche.

Der Vater verfluchte das Fußballspiel und den Götzen Sport überhaupt.

Tante Alwine schrie: „Hätte er nicht zu Fuß gehen können wie tausend andere Jungen?"

Ihr Mann schüttelte bedeutsam den Kopf: „Heute ist der dritte August, der Sterbetag unseres seligen Großvaters. Daran hätte man denken müssen."

Die Großmutter mütterlicherseits sprach zu sich selbst: „Kürzlich bin ich ihm auf eine Lüge gekommen. Ich ermahnte ihn: ‚Wer lügt, sündigt, und wer sündigt, wird bestraft.' Da hat er mir ins Gesicht gelacht!"

Das Mädchen für alles sagte dem Kohlenmann: „Na, sehen Sie? Wie ich Ihnen erzählt habe, daß mir heute früh zwei Nonnen begegnet sind, da haben Sie sich über mich lustig gemacht!"

Hernach ging das Mädchen für alles hinunter zu den Portiersleuten, um mit ihnen den traurigen Fall zu bereden. „Ja", sagte sie, „am Ersten wollten sie aufs Land fahren. Aber weil die Schneiderin mit den Kleidern der Gnädigen nicht fertig war, sind sie noch dageblieben. Wegen der dummen Fetzen."

Die Portiersfrau meinte: „Am Sonntag sollen Kinder und Eltern zusammenbleiben ... Aber bei den besseren Leuten gibt's ja kein Familienleben mehr."

Emma, das eine der beiden Fräulein vom Konditor im Nebenhaus, machte sich bittere Vorwürfe wegen ihrer Prüderie. Hätte sie dem armen jungen Mann nicht nein gesagt, dann wäre er heute Nachmittag mit ihr gewesen und nicht beim Fußball.

Bobby, der Dobermann, dachte: „Gestern hat er mir einen Tritt gegeben. In der ersten Wut wollte ich ihn ins Bein beißen. Leider, leider habe ich es nicht getan. Sonst wäre es ihm heute kaum möglich gewesen, zum Fußballmatch zu gehen."

Spätabends kam, vergnügt, Leopold nach Hause. Das mit dem Fußballmatch hatte er nur vorgeschwindelt. In Wirklichkeit war er mit Rosa, dem anderen Fräulein vom Konditor nebenan, auf einer Landpartie gewesen, die, schien es, einen zufriedenstellenden Verlauf genommen hatte.

Die Mutter umarmte ihren Sohn in hemmungsloser Rührung.

Der Vater gab ihm ein paar Ohrfeigen.

Die Großmutter mütterlicherseits faltete die Hände und betete stumm: „Lieber Gott, ich danke dir, daß er wieder gelogen hat."

KURT TUCHOLSKY

Wo kommen die Löcher im Käse her?

> Das Werk zwingt schon durch die Gelehrsamkeit, die in ihm verkocht erscheint, Bewunderung ab, besonders einem Leser wie mir, dessen Bildung an Emmentaler Käse erinnert, indem sie wie dieser größtenteils aus Lücken besteht.
>
> *Alfred Polgar*

Wenn abends wirklich einmal Gesellschaft ist, bekommen die Kinder vorher zu essen. Kinder brauchen nicht alles zu hören, was Erwachsene sprechen, und es schickt sich auch nicht, und billiger ist es auch. Es gibt belegte Brote; Mama nascht ein bißchen mit, Papa ist noch nicht da.

„Mama, Sonja hat gesagt, sie kann schon rauchen – sie kann doch noch gar nicht rauchen!" – „Du sollst bei Tisch nicht reden." – „Mama, guck mal, die Löcher in dem Käse!" – Zwei Kinderstimmen gleichzeitig: „Tobby ist aber dumm! Im Käse sind doch immer Löcher!" Eine weinerliche Jungenstimme: *„Na ja* – aber warum? Mama! *Wo kommen die Löcher im Käse her?"* – „Du sollst bei Tisch nicht reden!" – „Ich möchte aber doch wissen, wo die Löcher im Käse herkommen!" – Pause. Mama: „Die Löcher … also ein Käse hat immer Löcher, da haben die Mädchen ganz recht! … ein Käse hat eben immer Löcher." – „Mama! Aber dieser Käse hat doch keine Löcher! Warum hat der keine Löcher? Warum hat der Löcher?" – „Jetzt schweig und iß. Ich hab dir schon hundertmal gesagt, du sollst bei Tisch nicht reden! Iß!" – „Bwww –! Ich möchte aber wissen, wo die Löcher im Käse ... aua, schubs doch nicht immer ...!" Geschrei. Eintritt Papa.

„Was ist denn hier los? Gun Ahmt!" – „Ach, der Junge ist wieder ungezogen!" – „Ich bin gah nich ungezogen! Ich will nur wissen, wo die Löcher im Käse herkommen. Der Käse da hat Löcher, und der hat keine –!" Papa: „Na, deswegen brauchst du doch nicht so zu brüllen! Mama wird dir das erklären!" – Mama: „Jetzt gib du dem Jungen noch recht! Bei Tisch hat er zu essen und nicht zu reden!" – Papa: „Wenn ein Kind was fragt, kann man ihm das schließlich erklären! Finde ich." – Mama: „Toujours en présence des enfants! Wenn ich es für richtig finde, ihm das zu erklären, werde ich ihm das schon erklären. Nu iß!" – „Papa, wo doch aber die Löcher im Käse herkommen, möchte ich doch aber wissen!" – Papa: „Also, die Locher im Kase, das ist bei der Fabrikation; Käse macht man aus Butter und aus Milch, da wird er gegoren, und da wird er feucht; in der Schweiz machen sie das sehr schön – wenn du groß bist, darfst du auch mal mit in die Schweiz, da sind so hohe Berge, da liegt ewiger Schnee darauf – das ist schön, was?" – „Ja. Aber Papa, wo kommen denn die Löcher im Käse her?" – „Ich habs dir doch eben erklärt: die kommen, wenn man ihn herstellt, wenn man ihn macht." – „Ja, aber ... wie kommen denn die da rein, die

Löcher?“ – „Junge, jetzt löcher mich nicht mit deinen Löchern und geh zu Bett! Marsch! Es ist spät!“ – „Nein! Papa! Noch nicht! Erklär mir doch erst, wie die Löcher im Käse …“ Bumm. Katzenkopf. Ungeheuerliches Gebrüll. Klingel.

Onkel Adolf. „Guten Abend! Guten Abend, Margot – ’n Ahmt – na, wie geht’s? Was machen die Kinder? Tobby, was schreist du denn so?“ – „Ich will wissen …“ – „Sei still …!“ – „Er will wissen …“ – „Also jetzt bring den Jungen ins Bett und laß mich mit den Dummheiten in Ruhe! Komm, Adolf, wir gehen solange ins Herrenzimmer; hier wird gedeckt!“ – Onkel Adolf: „Gute Nacht! Gute Nacht! Alter Schreihals! Nu hör doch bloß mal …! Was hat er denn?“ – „Margot wird mit ihm nicht fertig – er will wissen, wo die Löcher im Käse herkommen, und sie hats ihm nicht erklärt.“ – „Hast dus ihm denn erklärt?“ – „Natürlich hab ichs ihm erklärt.“ – Danke, ich rauch jetzt nicht – sage mal, weißt *du* denn, wo die Löcher herkommen?“ – „Na, das ist aber eine komische Frage! Natürlich weiß ich, wo die Löcher im Käse herkommen! Die entstehen bei der Fabrikation durch die Feuchtigkeit … das ist doch ganz einfach!“ – „Na, mein Lieber … da hast du dem Jungen aber ein schönes Zeugs erklärt! Das ist doch überhaupt keine Erklärung!“ – „Na, nimm mirs nicht übel – du bist aber komisch! Kannst du mir denn erklären, wo die Löcher im Käse herkommen?“ – „Gott sei Dank kann ich das.“ – „Also bitte.“

„Also die Löcher im Käse entstehen durch das

sogenannte Kasein, was in dem Käse drin ist." – „Das ist doch Quatsch." – „Das ist kein Quatsch." – „Das ist wohl Quatsch; denn mit dem Kasein hat das überhaupt nichts zu … gun Ahmt, Martha, gun Ahmt, Oskar … bitte, nehmt Platz. Wie geht's? … überhaupt nichts zu tun!"

„Was streitet ihr euch da rum?" – Papa: „Nu bitt ich dich um alles in der Welt; Oskar! du hast doch studiert und bist Rechtsanwalt: haben die Löcher im Käse irgend etwas mit Kasein zu tun?" – Oskar: „Nein. Der Käse im Löcher … ich wollte sagen: die Löcher im Käse rühren daher … also die kommen daher, daß sich der Käse durch die Wärme bei der Gärung zu schnell ausdehnt!" Hohngelächter der plötzlich verbündeten riesigen Helden Papa und Onkel Adolf. „Haha! Hahaha! Na, das ist eine ulkige Erklärung! Der Käse dehnt sich aus! Hast du das gehört? Haha …?"

Eintritt Onkel Siegismund, Tante Jenny, Dr. Guggenheimer und Direktor Flackeland. Großes „Guten Abend! Guten Abend! – … geht's? … unterhalten uns gerade … sogar riesig komisch … ausgerechnet Löcher im Käse! … es wird gleich gegessen … also bitte, dann erkläre du –!"

Onkel Siegismund: „Also – die Löcher im Käse kommen daher, daß sich der Käse bei der Gärung vor Kälte zusammenzieht!" Anschwellendes Rhabarber, Rumor, dann großer Ausdruck mit voll besetztem Orchester: „Haha! Vor Kälte! Hast du schon mal kalten Käse gegessen? Gut, daß Sie keinen Käse machen, Herr Apolant! Vor Kälte! Hähä!" – Onkel Siegismund beleidigt ab in die Ecke.

Dr. Guggenheimer: „Bevor man diese Frage entscheiden kann, müssen Sie mir erst mal sagen, um welchen Käse es sich überhaupt handelt. Das kommt nämlich auf den Käse an!" Mama: „Um Emmentaler! Wir haben ihn gestern gekauft ... Martha, ich kauf jetzt immer bei Danzel, mit Mischewski bin ich nicht mehr so zufrieden, er hat uns neulich Rosinen nach oben geschickt, die waren ganz ..." Dr. Guggenheimer: „Also, wenn es Emmentaler war, dann ist die Sache ganz einfach. Emmentaler hat Löcher, weil er ein Hartkäse ist. Alle Hartkäse haben Löcher."

Direktor Flackeland: „Meine Herren, da muß wohl wieder mal ein Mann des praktischen Lebens kommen ... die Herren sind ja größtenteils Akademiker ..." (Niemand widerspricht.) „Also, die Löcher im Käse sind Zerfallsprodukte beim Gärungsprozeß. Ja. Der ... der Käse zerfällt, eben ... weil der Käse ..." Alle Daumen sind nach unten gerichtet, das Volk steht auf, der Sturm bricht los. „Pö! Das weiß ich auch! Mit chemischen Formeln ist die Sache nicht gemacht!" Eine hohe Stimme: „Habt ihr denn kein Lexikon –?"

Sturm auf die Bibliothek. Heyse, Schiller, Goethe, Bölsche, Thomas Mann, ein altes Poesiealbum – wo ist denn ... richtig!

Grobkalk bis Kerbtiere

Kanzel, Kapital, Kapitalertragssteuer, Karbatsche, Kartätsche, Karwoche, *Käse* –! „Laß mich mal! Geh mal weg! Pardon!

Also: ‚Die blasige Beschaffenheit mancher Käsesorten rührt her von einer Kohlensäureentwicklung aus dem Zucker der eingeschlossenen Molke.'" Alle, unisono: „Hast es. Was hab ich gesagt?" … „‚eingeschlossene Molke und ist …' wo geht denn das weiter? Margot, hast du hier eine Seite aus dem Lexikon herausgeschnitten? Na, das ist doch unerhört – wer war hier am Bücherschrank? Sind die Kinder …? Warum schließt du denn den Bücherschrank nicht ab?" – „Warum schließt du den Bücherschrank nicht ab ist gut – hundertmal hab ich dir gesagt, schließ du ihn ab –" – „Nu laßt doch mal: also wie war das? Ihre Erklärung war falsch. Meine Erklärung war richtig." – „Sie haben gesagt, der Käse kühlt sich ab!" – *„Sie* haben gesagt, der Käse kühlt sich ab – ich hab gesagt, daß sich der Käse erhitzt!" – „Na also, dann haben Sie doch nichts von der kohlensauren Zuckermolke gesagt, wie da drinsteht!" – „Was du gesagt hast, war überhaupt Blödsinn!" – „Was verstehst du von Käse? Du kannst ja nicht mal Bolles Ziegenkäse von einem alten Holländer unterscheiden!" – „Ich hab vielleicht mehr alten Holländer in meinem Leben gegessen wie du!" – „Spuck nicht, wenn du mit mir sprichst!" Nun reden alle mit einemmal.

Man hört:

– „Betrag dich gefälligst anständig, wenn du bei mir zu Gast bist …!" – „saurige Beschaffenheit der Muckerzolke …" – „mir überhaupt keine Vorschriften machen!"… „Bei Schweizer Käse – ja! Bei Emmentaler Käse – nein! …" – „Du bist hier nicht bei dir zu Hause! hier sind anständige Leute …" – „Wo denn –?" – „Das nimmst du zurück! Das nimmst du sofort zurück! Ich lasse nicht in meinem

Hause meine Gäste beleidigen – ich lasse in meinem Hause meine Gäste nicht beleidigen! Du gehst mir sofort aus dem Haus!" – „Ich bin froh, wenn ich raus bin – deinen Fraß brauche ich nicht!" – „Du betrittst mir nicht mehr meine Schwelle!" – „Meine Herren, aber das ist doch ...!" – „Sie halten überhaupt den Mund – Sie gehören nicht zur Familie! ..." – „Na, das *hab* ich noch nicht gefrühstückt!" – „Ich als Kaufmann ...!" – „Nu hören Sie doch mal zu: Wir hatten im Kriege einen Käse –" – „Das war keine Versöhnung! Es ist mir ganz egal, und wenn du platzt: Ihr habt uns betrogen, und wenn ich mal sterbe, betrittst du nicht mein Haus!" – „Erbschleicher!" – „Hast du das –!" – „Und ich sag es ganz laut, damit es alle hören: Erbschleicher! So! Und nu geh hin und verklag mich!" – „Lümmel! Ein ganz fauler Lümmel, kein Wunder bei dem Vater!" – „Und deine? Wer ist denn deine? Wo hast du denn deine Frau her?" – „Raus! Lümmel!" – „Wo ist mein Hut? In so einem Hause muß man ja auf seine Sachen aufpassen!" – „Das wird noch ein juristisches Nachspiel haben! Lümmel! ..." – „Sie mir auch –!"

In der Türöffnung erscheint Emma, aus Gumbinnen, und spricht: „Jnädje Frau, es is anjerichtet –!"

4 Privatbeleidigungsklagen, 2 umgestoßene Testamente, 1 aufgelöster Soziusvertrag, 3 gekündigte Hypotheken, 3 Klagen um bewegliche Vermögensobjekte; ein gemeinsames Theaterabonnement, einen Schaukelstuhl, ein elektrisch heizbares Bidet, 1 Räumungsklage des Wirts.

Auf dem Schauplatz bleiben zurück ein trauriger Emmentaler und ein kleiner Junge, der die dicken Arme zum Himmel hebt und den Kosmos anklagend, weithinhallend ruft:

„Mama! Wo kommen die Löcher im Käse her –?“

(1928)

WAS KINDER
SICH WÜNSCHEN …

JOACHIM RINGELNATZ

Kindgebetchen

Erstes
Lieber Gott, ich liege
Im Bett. Ich weiß, ich wiege
Seit gestern fünfunddreißig Pfund.
Halte Pa und Ma gesund.
Ich bin ein armes Zwiebelchen,
Nimm mir das nicht übelchen.

Zweites
Lieber Gott, recht gute Nacht.
Ich hab noch schnell Pipi gemacht,
Damit ich von dir träume.
Ich stelle mir den Himmel vor
Wie hinterm Brandenburger Tor
Die Lindenbäume.
Nimm meine Worte freundlich hin,
Weil ich schon sehr erwachsen bin.

Drittes
Lieber Gott mit Christussohn,
Ach schenk mir doch ein Grammophon.
Ich bin ein ungezognes Kind,
Weil meine Eltern Säufer sind.
Verzeih mir, daß ich gähne.
Beschütze mich in aller Not,
Mach meine Eltern noch nicht tot
Und schenk der Oma Zähne.

HERMANN HESSE

Kleiner Knabe

Hat man mich gestraft,
Halt ich meinen Mund,
Weine mich in Schlaf,
Wache auf gesund.

Hat man mich gestraft,
Heißt man mich den Kleinen,
Will ich nicht mehr weinen,
Lache mich in Schlaf.

Große Leute sterben,
Onkel, Großpapa,
Aber ich, ich bleibe
Immer, immer da.

FRIEDRICH HEBBEL

Aus der Kindheit

„Ja, das Kätzchen hat gestohlen,
Und das Kätzchen wird ertränkt.
Nachbars Peter sollst du holen,
Daß er es im Teich versenkt!“

Nachbars Peter hat's vernommen,
Ungerufen kommt er schon;
„Ist die Diebin zu bekommen,
Gebe ich ihr gern den Lohn!“

„Mutter, nein, er will sie quälen,
Gestern warf er schon nach ihr,
Bleibt nichts andres mehr zu wählen,
So ertränk ich selbst das Tier.

Sieh, das Kätzchen kommt gesprungen,
Wie es glänzt im Morgenstrahl!“
Lustig hüpft's dem kleinen Jungen
Auf den Arm zu seiner Qual.

„Mutter, laß das Kätzchen leben,
Jedes Mal, wenn's dich bestiehlt,
Sollst du mir kein Frühstück geben,
Sieh nur, wie es artig spielt!“

„Nein, der Vater hat's geboten,
Hundert Mal ist ihr verziehn!"
„Hat sie doch vier weiße Pfoten!"
„Einerlei! Ihr Tag erschien!"

„Nachbarin, ich folg ihm leise,
Ob er es auch wirklich tut!"
Peter spricht es häm'scher Weise,
Und der Knabe hört's mit Wut.

Unterwegs auf manchem Platze
Bietet er sein Liebchen aus,
Aber keiner will die Katze,
Jeder hat sie längst im Haus.

Ach, das ist er schon am Teiche,
Und sein Blick, sein scheuer, schweift,
Ob ihn Peter noch umschleiche –
Ja, er steht von fern und pfeift.

„Nun, wir alle müssen sterben,
Großmama ging dir vorauf,
Und du wirst den Himmel erben,
Kratze nur, sie macht dir auf!"

Jetzt, um sie recht tief zu betten,
Wirft er sie mit aller Macht,
Doch zugleich, um sie zu retten,
Springt er nach, als er's vollbracht.

Eilte Peter nicht, der lange,
Gleich im Augenblick herzu,
Finde er – es ist mir bange –
Hie im Teich die ew'ge Ruh'.

In das Haus zurückgetragen,
Hört er auf die Mutter nicht,
Schweigt auf all ihre Fragen,
Schließt die Augen trotzig dicht.

Von dem Zucker, den sie brachte,
Nimmt er zwar zerstreut ein Stück
Doch den Tee, den sie ihm machte,
Weist er ungestüm zurück.

Welch ein Ton! Er dreht sich stutzend,
Und auf einer Fensterbank,
Spinnend und sich emsig putzend,
Sitzt sein Kätchen blink und blank.

„Lebt sie, Mutter?" – „Dem Verderben
Warst du näher, Kind, als sie!" –
„Und sie soll auch nicht mehr sterben?" –
„Trinke nur, so soll sie's nie!"

BERTOLT BRECHT

Bitten der Kinder

Die Häuser sollen nicht brennen.
Bomber sollt man nicht kennen.
Die Nacht soll für den Schlaf sein.
Leben soll keine Straf sein.
Die Mütter sollen nicht weinen.
Keiner sollt müssen töten einen.
Alle sollen was bauen
Das kann man allen trauen.
Die Jungen sollen's erreichen.
Die Alten desgleichen.

Kinderbriefe an den lieben Gott

Lieber Gott!
Ich habe mir was gewünscht,
als eine Sternschnuppe fiel,
zweimal sogar, aber nichts ist
geschehen. Was nun?
Eva

Lieber Gott.
Ich bin sitzengeblieben.
Das habe ich aber nicht verdient.
Warum hast du das zugelassen?
Willi

Lieber Gott!
Müssen gute Menschen früh sterben?
Ich habe das von meiner Mammi
gehört. Ich bin nicht immer gut.
Mit herzlichen Grüßen
deine Barbara

Lieber Gott!
Sind Jungen besser als Mädchen?
Ich weiß, du bist ein Junge, sei fair!
Deine Gisela

MAJA MILOSEVIC

In den Krieg gestoßen

Ich wünsche mir keinen Krieg und daß mein Bruder nicht ums Leben kommt.

Ich wünsche mir den Frieden und daß alle Kinder in ihre Heime zurückkehren können.

Ich wünsche mir, daß wir wie früher mit Oma und Opa, Onkel und Tante und unsern Eltern in Frieden leben können.

Ich wünsche mir, daß wir Kinder wieder vor unseren Häusern hüpfen und spielen können, Schmetterlingen nachlaufen und Blumen pflücken können.

... UND WAS ELTERN
IHREN KINDERN
MITGEBEN MÖCHTEN

MATTHIAS CLAUDIUS

Ein Wiegenlied, bei Mondschein zu singen

So schlafe nun, du Kleine!
Was weinest du?
Sanft ist im Mondenscheine
Und süß die Ruh.

Auch kommt der Schlaf geschwinder
Und sonder Müh;
Der Mond freut sich der Kinder
Und liebet sie.

Er liebt zwar auch die Knaben,
Doch Mädchen mehr,
Gießt freundlich schöne Gaben
Von oben her

Auf sie aus, wenn sie saugen,
Recht wunderbar;
Schenkt ihnen blaue Augen
Und blondes Haar.

Alt ist er wie ein Rabe,
Sieht manches Land;
Mein Vater hat als Knabe
Ihn schon gekannt.

Und bald nach ihren Wochen
Hat Mutter mal
Mit ihm von mir gesprochen:

Sie saß im Tal
In einer Abendstunde,
Den Busen bloß,
Ich lag mit offnem Munde
In ihrem Schoß.

Sie sah mich an, für Freude
Ein Tränchen lief,
Der Mond beschien uns beide,
Ich lag und schlief.

Da sprach sie: „Mond, oh! scheine,
Ich hab' sie lieb,
Schein Glück für meine Kleine!"
Ihr Auge blieb

Noch lang am Monde kleben
Und flehte mehr.
Der Mond fing an zu beben,
Als hörte er,

Und denkt nun immer wieder
An diesen Blick
Und scheint von hoch hernieder
Mir lauter Glück.

Er schien mir unterm Kranze
Ins Brautgesicht,
Und bei dem Ehrentanze
Du warst noch nicht.

MASCHA KALÉKO

An mein Kind

Dir will ich meines Liebsten Augen geben
Und seiner Seele flammenreiches Glühn.
Ein Träumer wirst du sein und dennoch
kühn
Verschlossne Tore aus den Angeln heben.

Wirst ausziehn, das gelobte Glück zu
schmieden.
Dein Weg sei frei. Denn aller Weisheit
Schluß
Bleibt doch zuletzt, daß jedermann
hienieden
All seine Fehler selbst begehen muß.

Ich kann vor keinem Abgrund dich
bewahren,
Hoch in die Wolken hängte Gott
den Kranz.
Nur eines nimm von dem, was ich
erfahren:
Wer du auch seist, nur eines – sei es ganz!

Du bist, vergiß es nicht, von jenem
Baume,
Der ewig zweigte und nie Wurzel schlug.
Der Freiheit Fackel leuchtet uns im
Traume –
Bewahr den Tropfen Öl im alten Krug!

KURT TUCHOLSKY

Auf ein Kind

Du lebst noch nicht.
Ich seh dich so lebendig:
ein kleiner gelber Schopf, die Augen blau;
ich seh dich an und such beständig
die Züge einer lieben Frau.

Du kreischst und jauchzt schon laut in
deinen Kissen;
du bist so frisch und klar und erdenhaft.
Du brauchst es nicht wie ich zu wissen,
was Zwiespalt ist, der Leiden schafft.

Der ist dahin. Schrei du aus voller Lunge
Und schüttle deine runde, kleine Faust!
Sei froh! Sieh auf die Mutter, Junge –
sie ist so hell, auch wenn ein Sturmwind braust.

Hör ihre Stimme nur: gleich wehts gelinder.
Setz du sie fort. Was bin denn ich allein?
Wir Menschen sind doch stets die alten Kinder:
ich war es nicht – mein Sohn, der soll es sein.

Du sollst es sein!
Und kommst du einst zum Leben:
Du sollst es sein! Ich hab es nicht gekonnt.
Gib du, was deiner Mutter Arme geben:
Leucht uns voran!
Du bist so blond.

MASCHA KALÉKO

Letztes Lied

Ich werde fortgehn, Kind. Doch du sollst leben
Und heiter sein. In meinem jungen Herzen
Brannte das goldne Licht. Das hab ich dir gegeben,
Und nun verlöschen meine Abendkerzen.

Das Fest ist aus, der Geigenton verklungen,
Gesprochen ist das allerletzte Wort.
Bald schweigt auch sie, die dieses Lied gesungen.
Sing du es weiter, Kind, denn ich muß fort.

Den Becher trank ich leer, in raschem Zug
Und weiß, wer davon kostete, muß sterben …
Du aber, Kind, sollst nur das Leuchten erben
Und all den Segen, den es in sich trug:

Mir war das Leben wie ein Wunderbaum,
Von dem in Sommernächten Psalmen tönen.
– Nun sind die Tage wie geträumter Traum;
Und alle meine Nächte, alle – Tränen.

Ich war so froh. Mein Herz war so bereit.
Und Gott war gut. Nun nimmt er alle
Gaben.
In deiner Seele, Kind, kommt einst
die Zeit,
Soll, was nicht gelebt, Erfüllung haben.

Ich werde still sein; doch mein Lied geht
weiter.
Gib du ihm deinen klaren, reinen Ton.
Du sei ein großer Mann, mein kleiner
Sohn.
Ich bin so müde – aber du sei heiter.

PETER HÄRTLING

Aus: Zwei Versuche, mit meinen Kindern zu reden

I

Ich wollte dir erzählen,
mein Sohn,
im Zorn
über deine scheinbare
Gleichgültigkeit,
über die eingeredete
Fremde
zwischen uns,
wollte ich dir erzählen,
zum Beispiel,
von meinem Krieg,
von meinem Hunger,
von meiner Armut,
wie ich geschunden wurde,
wie ich nicht weiter wußte,
wollte dir
deine Unkenntnis
vorwerfen,
deinen Frieden,
deine Sattheit,
deinen Wohlstand,
die auch
die meinen sind,
und während ich schon
redete,

dich mit Erinnerungen
prügelte,
begriff ich, daß
ich dir nichts beibrächte
als Haß und Angst,
Neid und Enge,
Feigheit und Mord.
Meine Erinnerung ist
nicht die deine.
Wie soll ich
dir das Unverständliche erklären
So reden wir
über Dinge,
die wir kennen.

Nur wünsche ich
insgeheim,
Sohn, daß du, Sohn,
deinem Sohn
deine Erinnerung
nicht verschweigen mußt,
daß du
einfach sagen kannst:
mach es so
wie ich,
versuche
zu kämpfen,
zu leben,
zu lieben
wie ich.
Sohn

ERSTE LIEBE

MARK TWAIN

Tom Sawyer trifft Becky Thatcher

Als Tom bei dem kleinen, alleinstehenden hölzernen Schulhaus angelangt war, trat er voller Schwung ein, wie einer, der mit ehrlicher Eile hergekommen ist. Er hängte seinen Hut auf einen Haken und warf sich mit geschäftsmäßiger Beflissenheit auf seinen Platz. Der Lehrer, der droben auf seinem großen Korbsessel thronte, duselte vor sich hin, vom schläfrigen Gesumm der Lernenden eingelullt. Die Unterbrechung weckt ihn auf.

„Thomas Sawyer!"

Tom wußte: Wenn sein Name unverkürzt ausgesprochen wurde, so bedeutete das Verdruß.

„Jawohl, Herr Lehrer."

„Komm mal hier rauf, Freundchen; weshalb bist du, wie gewöhnlich, wieder zu spät gekommen?"

Tom wollte sich gerade in eine Notlüge flüchten, als er zwei lange gelbe Zöpfe einen Rücken herabhängen sah, den er mittels der elektrischen Verbundenheit durch Liebe erkannte, und daneben war der einzige leere Platz auf der Mädchenseite der Schule. Sofort sagte er: „Ich bin unterwegs stehengeblieben und hab mich mit Huckleberry Finn unterhalten."

Dem Lehrer stand das Herz still, und er starrte Tom hilflos an. Das Gesumm der Lernenden hörte auf; die Schüler fragten sich, ob dieser tollkühne Junge wohl den Verstand verloren habe. Der Lehrer sagte: „Du hast – was hast du getan?"

„Bin stehengeblieben und hab mich mit Huckleberry Finn unterhalten." Die Worte waren nicht mißzuverstehen.

„Thomas Sawyer, das ist das erstaunlichste Geständnis, das ich je gehört habe; für dieses Vergehen genügen ein paar mit der Rute nicht. Zieh die Jacke aus."

Der Arm des Lehrers war in Tätigkeit, bis er ermüdete und der Vorrat an Gerten merklich zusammengeschmolzen war. Dann erfolgte der Befehl: „So, Freundchen, jetzt geh und setz dich zu den Mädchen. Und laß dir das zur Warnung dienen."

Das Gekicher, das den Raum durchlief, schien den Jungen in Verlegenheit zu bringen; in Wirklichkeit aber war dieses Ergebnis durch die ehrerbietige Scheu, die er vor seinem unbekannten Idol empfand, und durch die bange Freude über sein Glück verursacht. Er setzte sich auf das Ende der Bank aus Tannenholz, und das Mädchen rückte von ihm ab, wobei es den Kopf in den Nacken warf. Ein Anstoßen, Zwinkern und Flüstern durchlief den Raum; Tom aber saß still, die Arme auf das lange, niedrige Pult vor ihm gestützt, und schien in sein Buch vertieft. Nach und nach ließ die allgemeine Aufmerksamkeit von ihm ab, und das gewohnte Schulgemurmel stieg von neuem eintönig auf. Nun begann der Junge, dem Mädchen verstohlene Blicke zuzuwerfen. Sie bemerkte es, zog ihm eine Schnute und drehte ihm eine Minute lang den Hinterkopf zu. Als sie sich vorsichtig wieder umwandte, lag ein Pfirsich vor ihr. Sie stieß ihn fort, Tom legte ihn sanft wieder zurück; sie stieß ihn von neuem fort, diesmal aber mit weniger Feindseligkeit. Tom legte ihn geduldig wieder auf seinen Platz; da ließ sie ihn liegen. Tom kritzelte auf seine Tafel: „Bitte nimm ihn – ich habe noch mehr." Das Mädchen blickte auf die Worte, verzog aber keine Miene. Jetzt begann der Junge, etwas auf seine Tafel zu zeichnen, wobei er sein Werk mit der linken Hand versteckte. Eine Zeitlang

wollte das Mädchen es nicht zur Kenntnis nehmen; bald aber begann sich durch kaum wahrnehmbare Anzeichen eine menschliche Neugier bei ihr bemerkbar zu machen. Der Junge arbeitete weiter, scheinbar ohne sich ihrer Aufmerksamkeit bewußt zu sein. Das Mädchen unternahm einen zu nichts verpflichtenden Versuch, die Zeichnung zu sehen; der Junge verriet aber in keiner Weise, daß er es bemerkt hatte.

Endlich gab sie nach und flüsterte zögernd: „Laß mich mal sehen."

Tom enthüllte nun teilweise die traurige Karikatur eines Hauses mit zwei Giebelenden, aus dessen Schornstein korkzieherförmiger Rauch aufstieg. Jetzt begann das Werk das Interesse des Mädchens zu fesseln, und sie vergaß alles übrige. Als es beendet war, staunte sie es einen Augenblick an und flüsterte dann: „Sieht hübsch aus – mal' einen Mann dazu."

Der Künstler errichtete im Vorgarten einen Mann, der einem Ladebaum glich. Er hätte über das Haus hinwegtreten können; das Mädchen war jedoch nicht übermäßig kritisch; sie war mit dem Ungeheuer zufrieden und flüsterte: „Ein wunderschöner Mann – jetzt male mich, wie ich daherkomme."

Tom zeichnete eine Standuhr mit einem Vollmond darauf und versah sie mit Strohhalmen als Glieder; die ausgebreiteten Finger bewaffnete er mit einem ungeheuren Fächer.

Das Mädchen sagte: „Wie hübsch – ich wollte, ich könnte zeichnen."

„Es ist ganz leicht", flüsterte Tom. „Ich werd's dir beibringen."

„Wirklich? Wann denn?"

„In der Mittagspause. Gehst du zum Essen nach Hause?"

„Wenn du dableibst, bleibe ich auch."

„Gut, abgemacht. Wie heißt du?"

„Becky Thatcher. Wie heißt du? Ach, ich weiß. Thomas Sawyer."

„So nennen sie mich, wenn sie mich verprügeln. Wenn ich artig bin, heiße ich Tom. Du nennst mich Tom, ja?"

„Ja."

Jetzt begann Tom etwas auf die Schiefertafel zu kritzeln und die Worte vor dem Mädchen zu verbergen. Diesmal aber zierte sie sich nicht, sondern bat ihn, es sie lesen zu lassen. Tom sagte: „Ach, 's ist nichts."

„Doch, 's ist was."

„Nein, 's ist nichts, 's interessiert dich gar nicht."

„Doch, wirklich. Bitte laß mich's mal sehen."

„Du verrätst es doch nur."

„Nein, ich verrat's nicht – ganz großes Ehrenwort."

„Du sagst es bestimmt keinem Menschen? Solange du lebst nicht?“

„Nein, ich sag’s niemand. Jetzt zeig’s mir mal.“

„Ach,’s interessiert dich ja gar nicht!“

„Jetzt gerade, wenn du mich so behandelst, Tom“ – und sie legte ihre schmale Hand auf die seine, worauf sich eine kleine Balgerei entspann. Tom tat, als leiste er ihr ernsthaft Widerstand, ließ aber seine Hand nach und nach beiseite gleiten, bis sie die Worte „Ich liebe dich“ freiließ.

„Ach, du unerzogener Bengel, du!“ Sie versetzte seiner Hand einen scharfen Klaps, errötete aber und sah aus, als freue es sie doch.

Gerade in diesem kritischen Augenblick fühlte sich der Junge mit schicksalhaftem Griff am Ohr gepackt und von einem stetigen Antrieb in die Höhe gehoben. Wie in einem Schraubstock eingeklemmt, wurde er durch den Raum befördert und auf seinem richtigen Platz abgesetzt, unter dem aufreizenden Gekicher der ganzen Schule. Dann stand der Lehrer einige schreckliche Augenblicke lang über ihn gebeugt und begab sich schließlich fort auf seinen Thron, ohne ein Wort gesagt zu haben. Obgleich Tom das Ohr brannte, war sein Herz doch voller Jubel.

RENÉ GOSCINNY

Luise

Mama hat gesagt, sie bekommt Besuch. Eine Freundin von ihr kommt zum Tee und bringt ihr kleines Mädchen mit und ich war gar nicht besonders froh darüber. Ich kann kleine Mädchen nicht ausstehen, sie sind blöd und können nichts anderes spielen als Kaufladen und mit Puppen. Und alle naselang heulen sie. Ich weine natürlich auch manchmal, aber nur, wenn es wirklich schlimm ist so wie neulich, als die Vase im Salon kaputtging und wo Papa mit mir geschimpft hat und das war ganz schrecklich ungerecht, weil ich es doch nicht mit Absicht getan hab und wo die Vase sowieso so häßlich war. Und ich weiß schon, daß Papa es nicht gern hat, wenn ich im Zimmer Ball spiele, aber draußen hat es geregnet.

„Du wirst sehr nett und höflich sein zu Luischen", hat Mama mir gesagt, „sie ist ein reizendes kleines Mädchen, und du mußt zeigen, daß du gut erzogen bist."

Wenn Mama zeigen will, daß ich gut erzogen bin, zieht sie mir den blauen Anzug an und das weiße Hemd, wo man drin aussieht wie ein Hanswurst. Ich habe zu Mama gesagt, ich will lieber mit den anderen Jungen ins Kino und den Cowboy-Film ansehen, aber Mama hat mich groß angeguckt und dann muß man sich vorsehen.

„Also, ich bitte dich, sei nicht so roh mit dem kleinen Mädchen – sonst kriegst du es mit mir zu tun, verstanden?" hat Mama gesagt. Um vier Uhr ist die Freundin von Mama gekommen und hat ihr kleines Mädchen mitgebracht. Mamas Freundin hat mir einen Kuß gegeben und hat gesagt: du bist aber schon ein so großer Junge – das sagen alle zu mir, und dann hat sie gesagt, das ist Luischen und Luischen und ich wir haben uns angesehen. Sie hat ganz gelbes Haar und Zöpfe und blaue Augen, und ihre Nase und ihr Kleid sind ganz rot gewesen. Wir haben uns schnell die Hand gegeben nur mit den Fingerspitzen. Mama hat den Tee aufgetragen und das war prima weil wenn Leute zum Tee kommen gibt es Schokoladenkuchen und man darf zweimal nehmen. Wir haben Kuchen gegessen und Luischen und ich wir haben keinen Ton gesagt. Wir haben gegessen und uns nicht angeguckt. Hinterher hat Mama gesagt: „Jetzt geht spielen, liebe Kinder. Nick, du gehst mit Luischen auf dein Zimmer und zeigst ihr deine schönen Spielsachen." Mama hat ganz süß dabei gelächelt, aber gleichzeitig hat sie große Augen gemacht, so daß man gleich weiß man muß sich vorsehen. Luischen und ich wir sind auf mein Zimmer gegangen und ich hab nicht gewußt, was ich mit ihr sprechen soll. Aber Luischen hat zuerst was gesagt, sie hat gesagt: „Du siehst aus wie ein Affe." Das hat mir gar nicht gefallen und ich habe gesagt: „Und du, bist nur ein Mädchen." Und da hat sie mir eine Ohrfeige gegeben. Ich hätte beinahe angefangen zu weinen, aber ich hab mich zusammengenommen, weil Mama doch gern will, daß ich gut erzogen bin. Und da hab ich Luischen am Zopf gezogen und sie hat mich gegen das

Schienbein getreten. Da mußte ich ja doch ujie schreien, weil es so weh tat. Ich wollte ihr eine reinhauen, aber da hat Luischen von was anderem angefangen und hat zu mir gesagt: „Na, und deine Spielsachen? Krieg ich die jetzt zu sehen oder nicht?“ Ich wollte ihr gerade sagen: meine Spielsachen sind Spielsachen für Jungen, basta – aber da hat sie meinen kleinen Plüschbären gesehen, den ich halb geschoren habe mit Papas Rasierapparat. Ich habe ihn nur halb rasiert, weil der Rasierapparat dabei kaputtging. „Was, du spielst mit Puppen?“ hat Luischen gefragt und gelacht. Ich wollte sie an den Zöpfen ziehen und Luischen hat schon ausgeholt um mir eine zu kleben, da ging die Tür auf und unsere Mamas kamen herein, alle beide. „Na, Kinder“, hat Mama gesagt, „spielt ihr auch schön?“ „O ja“, hat Luischen gesagt und hat die Augen ganz weit aufgerissen dabei, und dann hat sie die Augendeckel ganz schnell rauf und runter geklappt und Mama hat ihr einen Kuß gegeben und gesagt: „Reizend, also wirklich, ganz bezaubernd. Ein richtiges kleines Nesthäkchen.“ Und Luischen hat wieder ganz doll mit den Augendeckeln geklappert. „Zeig Luischen auch mal deine schönen Bilderbücher“, hat Mama gesagt und die andere Mama hat gesagt, wir sind zwei reizende kleine Nesthäkchen. Und dann sind sie raus.

Ich habe meine Bücher vom Bücherbrett runtergeholt und hab sie Luischen gegeben. Aber sie hat sie gar nicht angesehen, sondern auf die Erde geschmissen, sogar das wo eine Masse Indianer drin vorkommen – Klasse! „Pöh, Bücher – das interessiert mich nicht", hat sie zu mir gesagt. „Hast du nicht was Lustigeres?" Und dann hat sie auf dem Bücherbrett mein Flugzeug entdeckt, mein prima Flugzeug mit Gummimotor und es ist ganz rot und fliegt klasse. „Laß das liegen", hab ich gesagt, „das ist nichts für Mädchen – das ist mein Flugzeug!" Und ich hab versucht, ihr das Flugzeug wieder abzunehmen aber Luischen hat sich losgemacht.

„Ich bin eingeladen", hat sie gesagt. „Ich darf mit deinen Sachen spielen, mit allen – und wenn du mich nicht spielen läßt, dann rufe ich meine Mama und dann werden wir ja sehen!" Ich hab nicht gewußt, was ich machen soll, ich wollte natürlich nicht, daß sie es kaputtmacht, das Flugzeug. Aber ich wollte auch nicht, daß sie ihre Mama ruft, weil nämlich so was gibt immer Theater. In der Zeit, wo ich nachgedacht hab, hat Luischen am Propeller gedreht und den Gummimotor aufgezogen. Und dann hat sie das Flugzeug losgelassen. Sie hat es aus meinem Zimmerfenster rausgelassen was offen war. Und das Flugzeug ist abgebrummt. „Da siehst du, was du gemacht hast – so ein Blödsinn!" hab ich geschrien. „Mein schönes Flugzeug – jetzt ist es kaputt!" Und ich hab angefangen zu weinen. „Ist ja gar nicht wahr", hat Luischen gesagt. „Guck mal, da hinten im Garten da liegt es. Wir brauchen es nur zu holen."

Wir sind runter in den Salon und ich hab Mama gefragt: Können wir in den Garten spielen gehen? Und Mama hat gesagt, es ist zu kalt. Aber Luischen hat wieder den Trick mit den Augendeckeln gemacht und hat gesagt, sie möchte gern die hübschen Blumen sehen. Da hat meine Mama gesagt, sie ist ein reizendes Geschöpfchen und wir sollen uns nur ja warm anziehen, wenn wir rausgehen. Ich muß das mit dem Augendeckelklappern unbedingt lernen – eine ganz dolle Masche und funktioniert prima!

Unten im Garten hab ich das Flugzeug aufgehoben, war nichts passiert zum Glück. Und Luischen hat zu mir gesagt, was sollen wir machen? „Ich weiß nicht", hab ich gesagt, „du hast ja die Blumen angucken wollen, na bitte, da sind sie, jede Menge." Aber Luischen hat gesagt sie macht sich einen Dreck aus Blumen und unsere Blumen sind der letzte Dreck. Ich hatte richtig Lust, ihr eins auf die Nase zu geben, aber ich habe mich nicht getraut, weil nämlich vom Salonfenster aus kann man in den Garten sehen und unsere beiden Mamas saßen im Salon. „Ich habe keine Spielsachen hier draußen", habe ich gesagt, „außer meinem Fußball, der liegt in der Garage." Luischen hat gesagt, das ist eine prima Idee. Wir haben den Ball geholt und ich kam mir saublöd vor – ich hab Angst gehabt, daß meine Kameraden mich sehn, wie ich mit Mädchen spiele. „Stell dich da zwischen die beiden Bäume", hat Luischen gesagt, „so – und jetzt wollen wir mal sehen, ob du halten kannst." Na, ich hab gedacht, das ist ja 'ne Marke, da kann man ja nur drüber lachen – aber schon ist sie angelaufen und – bumm – ein doller Schuß! Ich habe den Ball nicht halten können und klirr – eine Scheibe vom Garagenfenster war hin.

Die Mamas sind aus dem Haus rausgekommen und meine Mama hat sich das Garagenfenster angesehen und hat gesagt aha! „Nicki!“ hat sie gesagt. „Du solltest dich lieber um deine Gäste kümmern, anstatt so rohe Spiele zu spielen. Vor allem, wenn deine Gäste so liebenswürdig sind wie Luischen.“ Ich hab Luischen angeguckt, aber sie war ganz hinten im Garten und hat an den Blumen gerochen – besonders an den Begonien.

Am Abend habe ich keinen Nachtisch gekriegt zur Strafe. Aber macht nichts – Luischen ist klasse. Und wenn ich groß bin, wird geheiratet!

Die hat einen dollen Schuß!

INGEBORG BACHMANN

Aus: Der Fall Franza

Am Abend ging der Krieg wieder zu Ende, vor dem Feuerwehrhaus im Dorf. Obwohl Franza den ganzen Tag durch Dorf gestreunt war, hatte sie das Ankommen der Jeeps nicht bemerkt, die Soldaten waren schon ausgestiegen, und jetzt standen also lebendige Engländer in Galicien, mit ausgebreiteten Karten in den Händen und taten gar nichts, sondern redeten Englisch miteinander. Auf Franzas Schultern lag ganz Galicien und deswegen ging sie, sich Mut zusprechend, hin, Englisch war ihr Freifach gewesen, aber es war ihr immer diktiert worden, und sie hatte hin und her übersetzt, aber ... nie Sätze, die in dieser Situation verwendbar gewesen wären, und zuletzt, in den Deutschstunden, waren Schiller-Dramen in verteilten Rollen gelesen worden, es ging ihr momentan mehr Schiller durch den Kopf als englisches Diktat, I will, you will, das war unbrauchbar, aber versuchen mußte sie es, und sie stellte Sätze zusammen und hoffte, sie würde sie auch aussprechen können, auch wenn sie nicht ganz herankamen an: und frei erklär ich alle meine Knechte, der Mensch ist frei geschaffen, ist frei, und sie stellte sich vor einen Soldaten hin und sagte leise: Sire. Entweder hörte er ihr nicht zu oder meinte nicht, daß dieses Wort etwas heißen könne, und so sagte sie noch einmal zu einem anderen, der sie freundlich anschaute: Sire. Und dann bemerkte sie, daß einer nicht redete wie die anderen, er war sehr groß, dürr und aus lauter Knochen, er machte Mundbewegungen, als hätte er einen Sprachfehler, und stockte nach jedem dritten Wort, als müßte er Luft holen, den Kiefer wieder lockern und den Gaumen dehnen, und da bewies Franza zum ersten Mal in ihrem Leben den Instinkt, der sie später außerhalb Galiciens sich zurechtfinden ließ, ihre Unterscheidungsfähigkeit, und zu diesem Uniformierten, zu dem sie hinaufschauen mußte, und da noch hatten ihre Augen Mühe, sich an dem Gesicht zu halten, ohne verdreht zu werden, zu dem sagte sie überzeugt und zum dritten Mal: Sire! Und Sire war der Captain, aber das erfuhr sie erst später, da sie an diesen khakifarbenen Wesen keine Uniformzeichen unterschieden konnte und bisher auch nur Männer mit Gold und Silber auf den Jacken für höhere Chargen gehalten hatte. Und sie sagte zu dem Friede und diesem Mann Sire, und der sah sie an und hörte ihr zu, mit einer Herablassung, wie sie dem Frieden zukam und die doch nicht verletzte. Dann konnte sie Atem holen und mit ihrer Rezitation beginnen.

Sire, this village is yours. Ob das ging? Sie sprach so deutlich, als stünde sie in der Bank und müsse bis zum Podium gehört werden. We have no arms. Falsch: Waffen heißt anders, sie sah ihn beschwörend an, und We have no Germans and no SS, the people has left, war das richtig, oder lived? the village, because of fear. Und Sire und der Frieden, dieser König und der erste Mann in ihrem Leben, hatten ein Einsehen und verstanden auch noch, als sie nicht mehr rezitierte. Später ging sie mit dem Captain durch das Dorf, begleitet von mehreren Soldaten, und das Wunder hielt an. This is my brother Martin, sagte sie, und der Captain fragte sie, wenn sie ihn richtig verstand, sie holte ihm mit den Augen die Worte vom Mund, wo ihr Vater und ihre Mutter seien, und sie entschloß sich, zuerst die einfachere Frage zu beantworten mit El Alamein, und damit er nicht denke, sie wisse nicht, daß El Alamein schon weit im Krieg zurücklag, fügte sie hinzu, daß er wahrscheinlich tot sei. Wir vermissen ihn, sagte sie, und meinte, er gelte als vermißt. Schwieriger war es, die Sache mit der Mutter zu erklären, mit dem Villacher Spital und der Operation, und ob er ihr helfen könne, zu ihrer Mutter zu fahren und sie zu suchen. Der ein Meter neunzig lange dürre Frieden sagte, er werde sie im Jeep nach Villach mitnehmen, nicht sofort, aber morgen oder übermorgen, denn er hatte noch mehr zu tun als Mütter in Spitälern zu suchen. Franza war schon glücklich, daß sie einander verstanden, obwohl das hart war mit dem Englischen. Wochen danach sagte sie noch immer Sire zu ihm, obwohl er sie ein paar Mal aufforderte, Percy zu ihm zu sagen, aber das war ihr unmöglich, das hätte sie nie herausgebracht. Abends, wenn die Großeltern und Martin schliefen, endlich niemand mehr in der Küche war, zog sie sich vor dem Spiegel, der über dem Lavoir hing, aus und betrachtete ihren Körper ganz genau, mit Betrübnis, sie rieb mit einem Lappen die rauhe Haut an den Armen und die Beine, aber sie war so mager, Haut und Knochen, obwohl sie auf einmal genug zu essen hatte, aber es setzte so schnell nichts an, es war hoffnungslos, keine Hüften, nur zwei heraustretende Kugeln an der Stelle und zwei zu kleine Brüste, und er hatte so viele Knochen, wie würde das gut gehen, er bestand bestimmt aus lauter losen Knochen und wurde nur von der Uniform, dem festen Stoff, aufrecht und zusammengehalten; in einem Anzug konnte sie ihn sich nicht vorstellen. Als die Leute schon längst aus den Ziegenhöhlen zurückgekommen waren mit dem Vieh und den Vorräten, war das bald eine eindeutige Sache für alle, mit Franza und dem Captain mit dem Jeep, in dem Franza nach Villach mitgenommen wurde, und den Engländern, die die Mutter zurückbrachten, und der Captain, der mit zur Beerdigung ging, aber für Franza war nicht einmal etwas zweideutig, denn ihr Sire kam zwar oft und nahm sie und Martin mit oder blieb eine Stunde im Haus, aber er gab ihr nicht die Hand und behandelte sie von oben herab, zwar nicht wie ein Kind, aber auch nicht viel anders, einmal sagte er zu ihr, you are a strange girl, als sie ihn fest am Ärmel packte im Gang, damit sie weiter die Augen offen halten konnte und weiter durch die Gänge kam, den Gestank, das Gestöhn (im Blut waten, dies Blutgericht, fiel ihr ein), aber sie hielt die Augen offen, weil er mit ihr ging, durch alle Gänge, in denen die Soldaten und die Partisanen und die verwundeten oder auch bloß kranken Frauen und Männer lagen, bis zu den gereizten, übermüdeten Ärzten kamen sie und so zuletzt bis zu der Doktorin, die aus Wien war und nicht gereizt, und die sich auch erinnerte an eine Frau Ranner und wie alles gegangen war, und die soviel Verstand hatte, mit Franza so zu reden, daß auch das auszuhalten war, und dann freundlich in ihrem guten Englisch mit dem Captain. Franza merkte, die beiden Großen nahmen schon alles in die Hand, denn die Frau Doktor Susanne Santner aus Wien war auch groß und vor allem rundlich, weich rundherum, ganz eingebettet in ein angenehmes Fleisch. Und den schönsten Frühling lang spielte diese Frau die größte Rolle in Franzas Gedanken, denn der Captain und Doktor Santner trafen einander bald wieder, und Franza erriet es schon, ehe sie von den beiden einmal zum Essen mitgenommen wurde, denn hie und da nahmen sie das girl mit, das verstand, daß ein so langer knochiger Mann eine so warme und große Frau brauchte und nicht eine dürre Spindel, und wenn ihr die Tränen kamen, dann weil sie froh war, sie liebte die Liebe der beiden, eine große einzigartige Liebe wurde für Franza daraus, und jedenfalls liebte sie die Liebe von Sire zu der Wienerin und sah ihren Sire immer forschend an, ob er glücklich und wie glücklich er war, aber man merkte ihm nichts an, er veränderte sich nicht, strahlte nicht, nur Franza strahlte. Auf ihr lag der Widerschein, der Captain blieb sich gleich, kam schlaksig einher und sprach atemringend wie immer, das kam von Oxford, wie sie von Frau Doktor Santner erfuhr, und so wahr auch zu verstehen, warum er anders war als die anderen Soldaten, die geläufig sprachen und viel lachten und freundlich waren, aber wie die Kinder, und die sich nach Strapazen hier erholten bei Spielen, die selbst Franza zu kindisch vorkamen, obwohl sie mitspielte, mit ihnen Radiomusik hörte und sich sogar ein paar Tanzschritte beibringen ließ. Ihn sah aber Franza immer zuerst, sie mußte sich nie anstrengen, auch wenn zwanzig Khaki-Uniformen auf dem Dorfplatz beisammen standen, nicht nur weil er soviel größer war und schon ein Captain, aber auch nur einen Jeep unter vielen fuhr. Einen ganzen Frühling lang war Frieden und keine Schule und ein Mann, der nie mit ihr lachte und regelmäßig nach ihr sah, aber sie nicht wollte und auch nicht vergewaltigen, daran war gar nicht mehr zu denken. Beim Abschied, denn er mußte plötzlich nach London zurück, und hatte ihr vorher nichts davon gesagt, und während sie für die Frau Doktor Santner hätte erschrecken müssen und leiden, erschrak sie aber für sich selber über London, obwohl er sagte, daß er wiederkommen werde. Sie wußte genau, er würde nie wiederkommen, die Fronttruppen sollten alle durch andere ersetzt werden, das wußte sie doch auch, warum also sagte er das vom Wiederkommen. Ob er ihr wenigstens jetzt die Hand? aber da er gleich Anstalten machte, in seinen Jeep zu steigen, als wäre das ein gewöhnliches Wegfahren wie an anderen Tagen, warf sie sich plötzlich wild an ihn und ihre Knochen gegen die seinen, sie wollte die Arme um ihn schlingen, kam aber mit den Fingerspitzen nur knapp bis an seinen Hals und sagte danke, danke, in beiden Sprachen, und er beugte sich ein wenig herunter und küßte sie, sie küßten einander rasch und einige Male, als könnte der Jeep auf und davon fahren, allein und ohne ihn, wenn es nicht sehr rasch ging. Damit endete Franzas erste Liebe und sie bleib zurück, in keinem Widerschein, nur benommen und das ganze Strahlen hörte auf in ihr, sie blieb zurück in der Staubwolke hinter dem Frieden.

ABSCHIED
VON DER KINDHEIT

JOACHIM RINGELNATZ

Doch ihre Sterne kannst du nicht verschieben

Das Sonderbare und Wunderbare
Ist nicht imstande, ein Kind zu verwirren.
Weil Kinder wie Fliegen durch ihre Jahre
Schwirren. – Nicht wissend, wo sie sind.

Nur vor den angeblich wahren
Deutlichkeiten erschrickt ein Kind.

Das Kind muß lernen, muß bitter erfahren.
Weiß nicht, wozu das frommt.
Hört nur: Das muß so sein.

Und ein Schmerz nach dem andern kommt
In das schwebende Brüstchen hinein.
Bis das Brüstchen sich senkt
Und das Kind denkt.

MATTHIAS CLAUDIUS

Ich sah einst einen Knaben ...

Ich sah einst einen Knaben zart
Bei einer Seifenblase stehen;
Er lächelte nach Knaben Art
Und konnte sich nicht satt dran sehen,
Und freute sich der lieblichen Gestalt,
Und ihrer wunderschönen Farben,
Die Grün in Rot und Rot in Gelb erstarben,
Und hüpfte fröhlich auf – doch bald
zersprang vor ihm die Wunderblase,
Und eine bittre Träne lief über seine Nase.
Der Himmel weit und breit ist ewig jung
und schön,
Jenseits des Monds ist alles unvergänglich;
Die Siebenstern und ihre Brüder stehn
Jahrtausende schon, überschwenglich
In ihrer Herrlichkeit und trotzen Tod
und Sterben,
Und sagen Hui zum Verderben,
Hier unterm Mond Natur ist anders gar,
Ein brütend Saatfeld für den Tag der
Gaben;
Da wanket alles immerdar,
Und wandelt sich, und spielt mit Farben,
Mit Wasserblasen wunderbar.
Die armen Menschen traun –
– – – – – –
Und raufen sich das Haar.

IRMELA WENDT

Alles geht nach der Uhr

„Alles geht nach der Uhr“, sagt Frau Ureburegurli. „Um ein Uhr haben die Kinder gegessen, bis zwei Uhr arbeiten sie an den Schulaufgaben, bis fünf Uhr dürfen sie spielen, um halb sechs essen sie Abendbrot, danach lernt die Großmutter noch mit den Kindern, und von abends sieben bis morgens sieben schlafen sie. Um acht Uhr gehen sie zur Schule, und um zwölf Uhr dreißig sind sie wieder zu Haus.“

„Ich bin gespannt“, sagt Frau Lustibustigiero, die Nachbarin, „wie lange es dauert, bis Ihre Kinder nur noch tik tak sagen.“

MARIANNE ARLT

Kindheit

„Mensch, kannst du nicht mal dein Zimmer aufräumen? Kannst du nicht mal was wegräumen oder wegschmeißen oder wegschenken? Das wird doch immer mehr hier. Hier steigt man ja schon gar nicht mehr durch! Ich brauch' doch wenigstens einen Gang von der Tür zum Kleiderschrank und einen zum Fenster!"

„..."

„Hörst du? Tu doch mal was weg! Ständig kommt Neues dazu! Das Zimmer wächst ja schon von den Seiten her zu. Guck mal hier, die kleinen Autos. Mit denen spielst du doch schon lange nicht mehr! Und dann die Kiste mit den Bauklötzchen, die hast du seit Jahren nicht angerührt. Und auch die Bilderbücher. Schaff doch mal Platz für all das, was ständig nachkommt! Kannst du dich denn nicht mal von was trennen?"

„Aber Mama! Ich kann die Sachen doch nicht einfach alle weggeben! Mama, das ist doch meine ganze Kindheit!"

MARLEN HAUSHOFER

Aus: Himmel, der nirgendwo endet

Der Sommer ist ganz anders als alle Sommer vor ihm. Meta liegt auf der abgemähten Wiese und starrt in den Himmel. Sie schämt sich, weil sie so faul ist, aber sie bleibt regungslos liegen. Etwas verändert sich von Tag zu Tag, und sie kommt ihm nicht auf die Spur.

Ihr Körper, einst so vertraut und geliebt, fängt an, unerfreulich zu werden, und ist nicht mehr eins mit ihr. Sie bewegt sich zu langsam oder zu rasch und verletzt sich fast jeden Tag. Manchmal ist sie streitsüchtig oder weinerlich, und sie kann nicht mehr so unbeschwert mit Nandi spielen wie früher. Und dann gibt es Tage, an denen sie wieder ganz daheim ist, aber sie werden immer seltener. Und ganz bestimmt werden ihre Beine immer länger und ihre Knie immer spitzer. Sie will auch nicht zunehmen, und Nandi muß jeden Tag insgemein ihre Schlagobersportion vertilgen.

Und der Sommer zieht sich hin. Er verbrennt das Gras vor dem Haus zu häßlichem Rostbraun, und Vater muß ein neues Faß Most für die Heuer anschlagen. Früher war der Sommer immer viel zu kurz, diesmal will er kein Ende nehmen. Die Onkel und Tanten reisen in der letzten Augustwoche ab, und Mama ist schmal und müde vom vielen Kochen. Die Familie ist mit sich allein, und das bedeutet, daß man Meta mehr beachtet, als ihr lieb ist. Nandi hat sich ein wenig von ihr entfernt. Er hat im vergangenen Jahr gelernt, allein zu sein, und braucht Meta nicht mehr so notwendig wie früher. Einsam und in sich versunken spielt er vor seiner Spielzeuglade und wird böse, wenn sie seine Ordnung stört. Meta hat das Gefühl, nirgends wirklich daheim zu sein, und etwas wie Panik erfaßt sie.

Eine Woche vor der Abreise beschließt sie, die alten vertrauten Orte aufzusuchen, vielleicht wird dann alles wieder gut werden. Sie geht hinunter zur Bachwiese, umkreist scheu das Widderhäuschen und sieht die Brennesselheerschar im Winde wogen. Diesmal erstarren sie nicht in wilder Abwehr. Sie haben ihre Feindin vergessen und beachten sie gar nicht. Meta senkt den Kopf und trabt zum Heckenrosenstrauch. Die kühlen Blätter gleiten durch ihre Finger und werden nicht lebendig. Der Strauch erkennt sie nicht wieder. Es ist sinnlos, ihn länger zu bedrängen. Rund und in sich geschlossen träumt er sein Leben, Meta ist ausgesperrt. Sie geht zurück zur Straße. Der kleine Felsen, auf dem immer die ersten Erdbeeren reifen und in dem einmal die Kreuzotter gewohnt hat, liegt leer und grau im Licht. Er scheint eingeschrumpft zu sein. Aber das gibt es wohl nicht, alles erscheint ihr ja kleiner als früher, das Haus, der Stall und die Zimmer. Meta ist traurig, und plötzlich merkt sie, daß ihre Trauer nicht echt ist. Sie spielt nur Traurigsein, weil sie es eigentlich sein müßte. In Wirklichkeit spürt sie gar nichts. Sie könnte noch den großen Stein hinter dem Roßstall auf die Probe stellen. Das Verlangen zerrt in ihr, ihr Gesicht an den Stein zu pressen und den alten Moosgeruch zu riechen. Aber schon ist es vorüber, sie weiß, sie möchte es nur tun, weil sie es so oft getan hat. Kälte breitet sich in ihr aus und ein leeres Gefühl wie Hunger.

Jetzt weiß sie nicht mehr, wohin sie gehen könnte. So bleibt sie regungslos mitten auf der Straße stehen und spürt die Sonne im Nacken nicht. Vielleicht ist sie, ohne es zu merken, gestorben. Aber dann stünde sie ja nicht da. Nein, gestorben ist sie nicht, denn jetzt setzt sich eine Bremse auf ihren Arm und wird gleich zubeißen. Ja, sie ist lebendig, der Biß tut weh, wie immer. Schon hebt sie die Hand, um das lästige Geschöpf zu erschlagen, und läßt sie wieder sinken. Was geschieht denn eigentlich, wenn man eine Bremse nicht stört? Plötzlich hat Meta ihren Kummer vergessen und sieht nichts als das kleine graue Tier auf ihrem Arm. Es ist unendlich wichtig, alles über die Bremse zu erfahren. Jetzt sitzt sie ganz still und dem Genuß des Trinkens hingegeben. Dann stößt sie mit einem winzigen Ruck tiefer in Metas Haut vor und beißt noch einmal zu. Es brennt ein bißchen, aber so, als ginge der kleine Schmerz Meta nichts an; jetzt nimmt die Bremse also wieder einen Schluck Blut, und dann bohrt sie sich noch tiefer und beißt wieder zu. Fünfmal tut sie das, dann fangen ihre Flügel an zu zittern, sie zieht den Kopf zurück und fliegt taumelnd davon. Zum erstenmal sieht Meta, daß die Bremse schön ist, wie mit silbergrauem Staub bedeckt. Ein winziger Blutstropfen steht auf Metas Haut, und die kleine Wunde brennt gar nicht. Man muß die Bremsen nur richtig ihre Mahlzeit trinken lassen, dann tun sie nicht weh. Meta ist zutiefst befriedigt, sie hat etwas Neues gelernt. Das wird Nandi bestimmt interessieren, wo er doch Naturgeschichte studieren will. Aber Nandi ist nirgends zu finden. Und plötzlich erinnert sich Meta, warum sie zum Bach gegangen ist. Nein, sie wird jetzt nicht den Stein besuchen, auch nicht den Pfingstrosenstrauch oder den Kletterbaum. Sie möchte nicht wieder diese Leere spüren, diesen Hunger, den man nicht mit einem Butterbrot stillen kann. Sie geht hinauf in ihr Zimmer und legt sich aufs Bett. Aber auch hier hat sie keine Ruhe. Die Wand macht Gesichter, teilnahmslose weiße Mondgesichter, die mitten durch sie hindurchblicken. Das Haus ist ja schon lange böse auf sie und hat ihr immer noch nicht verziehen. Es ist möglich, daß es nie wieder gut sein wird. Sie nimmt ein Buch und sieht die Gesichter nicht mehr, und als sie nach einer Weile das Buch weglegt, kann sie sich nicht an das Gelesene erinnern.

Am Nachmittag sitzt sie allein unter dem Birnbaum und tut gar nichts. Die Sonne steht schräg am Himmel und färbt die Luft über dem Tal. Das muß sie schon immer getan haben um diese Zeit, aber Meta hat es nie gesehen. Goldgrüne Wellen schlagen gegen die Bergwiesen. Honigwaben, denkt Meta, eine riesige Wabe voll tropfendem Waldhonig. Und sie ist ganz wirklich. Meta spürt, wie auch in ihr wieder etwas lebendig wird. Sie möchte durch süße warme Gewässer gleiten und in schattige Abgründe tauchen, ganz tief hinunter, wo das Geheimnis verborgen liegt. Aber die große Luftwabe weiß nichts von ihr, sie ist ganz mit sich allein, in einer Seligkeit, die man sich gar nicht vorstellen kann. Langsam wird sie dunkler, die goldenen Lichter verlöschen, und Schatten fällt über das Tal. Die Bäume tropfen nicht länger vor Honig, trocken und einsam stehen sie in der farblosen Luft. Die Luft ist lebendig wie ein Tier oder eine Blume. Meta hat es erlebt und darf es nie wieder vergessen, dann kann ihr nichts geschehen. Jetzt ist die Luft schlafen gegangen. Meta springt auf und läuft hinter das Haus zum alten Moosstein. Aber sie geht nicht ganz nahe heran, und sie legt die Wange nicht an sein Gesicht. Und endlich versteht sie wieder seine Sprache. „Sei nicht traurig", sagt der Stein. „Wir sind Freunde, aber wir können nicht mehr eins sein. Vergiß nicht, was mit uns geschehen ist." Es ist alles ganz einfach, und es tut weh, aber das Wehtun ist gut, viel besser als der leere Hunger. Meta hebt die Hand und winkt, dann geht sie langsam fort. Bei den Brettern, die zum Keller führen, stößt sie mit der großen Zehe an und vergißt auf der Stelle den brennenden Schmerz, der sie durchfährt.

Sie sitzen alle um den Tisch, und Meta kann die Augen nicht von ihnen lassen. Ihr Kopf ist klar und leicht, und sie weiß, dies ist der Zustand der Erleuchtung, und was jetzt geschieht, darf sie nie mehr vergessen. Und sie weiß auch, daß sie es immer wieder vergessen wird. Alle sehen ein wenig kleiner aus als sonst, als habe eine große Hand sie von ihr abgerückt. Da sitzt Vater und löffelt seine Suppe. Sein Bart ist ein wenig ergraut, und er ist nicht mehr so allmächtig wie früher. Sein Leben lang wird er in den Wald gehen, rechnen, Holz messen und manchmal im Lusthaus träumen. Aber nie wieder kann er in seine Kindheit zurückkehren, und nie wieder wird er die Stimme seines Vaters hören, zwanzigtausend Meilen unter dem Meer. Und diese kleine blasse Frau ist Mama. Ihre Augen werden den verstörten Augen des kleinen Großvaters immer ähnlicher. Sie wird kochen und nähen bis zu ihrem Tod und die Kirchen und Galerien Roms nie wieder besuchen. Und gar nie wird Mama einen Brillantschmuck besitzen oder die Dame mit dem knielangen Haar wiedersehen. Auch Nandi hat schon eine Vergangenheit. Da sitzt er mit seinem geschorenen Kopf und seinem neuen Schulbubengesicht und sieht ganz zufrieden aus. Aber das kommt nur daher, weil er noch nicht weiß, daß es für ihn keine Rückkehr gibt auf Mamas Schoß, in die warme gelbe Kugel aus Licht und Seligkeit. Nie wieder wird er mit dicken Fingern jubelnd nach Mamas jungem Gesicht tappen. Auch er ist schon ausgeschlossen und allein.

Schrecklich ist diese Erkenntnis, als presse einer mit rohem Griff Metas Herz zusammen. Sie möchte aufspringen und sich irgendwo verstecken, aber sie kann sich nicht bewegen. „Was ist denn los", sagt Mama, „du schaust ja so erschrocken aus?" – „Es ist nichts", hört Meta sich antworten, „ich bin schon wieder fußmarod." Und zaghaft stimmt sie in das ausbrechende Gelächter ein. Ab heute wird sie immer die Spiele der geliebten Familie mitspielen. Mehr kann man nicht für sie tun. „Komm", sagt Vater, „wir geben Jod auf deine Zehe", und Meta steht auf und folgt ihm gehorsam in die Kanzlei.

RÜCKBLICK – ERINNERUNGEN AN DIE KINDERZEIT

JACQUES LUSSEYRAN

Aus: Das Märchen der Kindheit

In meiner Erinnerung beginnt meine Geschichte immer wie ein Märchen, nicht wie ein ungewöhnliches, doch immerhin wie ein Märchen. Es war einmal ein kleiner glücklicher Junge, der lebte zwischen den zwei Weltkriegen in Paris. Dieser kleine Junge war ich, und wenn ich heute, von der Mitte des Lebens, auf ihn zurückblicke, bin ich sehr verwundert; eine glückliche Kindheit ist so selten, so wenig nach Art unserer Tage, daß man sie kaum für wahr halten möchte. Doch warum sollte ich das klare Wasser meiner Kindheit zu trüben versuchen? Das wäre der Gipfel der Einfalt.

Geboren bin ich 1924, am Mittag des 19. September, im malerischen Kern von Paris: auf dem Montmartre, zwischen Place Blanche und Moulin Rouge. In einem bescheidenen Haus aus dem 19. Jahrhundert erblickte ich das Licht der Welt, in einem Zimmer, das auf den Hof hinuntersah.

Meine Eltern waren für mich vollkommen. Mein Vater, der eine Hochschule für Physik und Chemie absolviert hatte und von Beruf Chemie-Ingenieur war, war ebenso intelligent wie gütig. Meine Mutter, die Physik und Biologie studiert hatte, war ganz Aufopferung und Verständnis. Beide waren mir gegenüber großzügig und aufmerksam. Aber wozu spreche ich davon? Der kleine Junge von damals wurde dessen nicht gewahr. Seine

Eltern liebten ihn, und er liebte sie. Das war ein Geschenk des Himmels.

Meine Eltern – das war Schutz, Vertrauen, Wärme. Wenn ich an meine Kindheit denke, spüre ich noch heute das Gefühl der Wärme über mir, hinter mir und um mich, dieses wunderbare Gefühl, noch nicht auf eigene Rechnung zu leben, sondern sich ganz, mit Leib und Seele, auf andere zu stützen, welche einem die Last abnehmen. Meine Eltern trugen mich auf Händen, und das ist wohl der Grund, warum ich in meiner ganzen Kindheit niemals den Boden berührte. Ich konnte weggehen, konnte zurückkommen; die Dinge hatten kein Gewicht und hafteten nicht an mir. Ich lief zwischen Gefahren und Schrecknissen hindurch, wie Licht durch einen Spiegel dringt. Das ist es, was ich als Glück meiner Kindheit bezeichne, diese magische Rüstung, die – ist sie einem erst einmal umgelegt – Schutz gewährt für das ganze Leben.

RAINER MARIA RILKE

Kindheit

Da rinnt der Schule lange Angst und Zeit
Mit Warten hin, mit lauter dumpfen
Dingen.
O Einsamkeit, o schweres Zeitverbringen …
Und dann hinaus: die Straßen sprühn und
klingen,
Und auf den Plätzen die Fontänen
springen,
Und in den Gärten wird die Welt so weit. –
Und durch das alles gehn im kleinen Kleid,
Ganz anders als die andern gehn und
gingen –:
O wunderliche Zeit, o Zeitverbringen,
O Einsamkeit.

Und in das alles fern hinauszuschauen:
Männer und Frauen; Männer, Männer,
Frauen
Und Kinder, welche anders sind und bunt;
Und da ein Haus und dann und wann ein
Hund
Und Schrecken lautlos wechselnd mit
Vertrauen –:
O Trauer ohne Sinn, o Traum, o Grauen,
O Tiefe ohne Grund.

Und so zu spielen: Ball und Ring und
Reifen
In einem Garten, welcher sanft verblaßt,
Und manchmal die Erwachsenen zu
streifen,
Blind und verwildert in des Haschens Hast,
Aber am Abend still, mit kleinen steifen
Schritten nach Haus zu gehen, fest
angefasst –:
O immer mehr entweichendes Begreifen,
O Angst, o Last.

Und stundenlang am großen grauen
Teiche
Mit einem kleinen Segelschiff zu knien;
Es zu vergessen, weil noch andre gleiche
Und schönere Segel durch die Ringe
ziehn,
Und denken müssen an das kleine bleiche
Gesicht, das sinkend aus dem Teiche
schien –:
O Kindheit, o entgleitende Vergleiche.
Wohin? Wohin!

ERICH KÄSTNER

Kleine Führung durch die Jugend

Und plötzlich steht man wieder in der Stadt,
in der die Eltern wohnen und die Lehrer
und andre, die man ganz vergessen hat.
Mit jedem Schritte fällt das Gehen schwerer.

Man sieht die Kirche, wo man sonntags
sang.
(Man hat seitdem fast gar nicht mehr
gesungen.)
Dort sind die Stufen, über die man sprang.
Man blickt hinüber. Es sind andre Jungen.

Der Fleischer Kurzhals lehnt an seinem
Haus.
Nun ist er alt. Man winkt ihm wie vor
Jahren.
Er nickt zurück. Und sieht verwundert aus.
Man kennt ihn noch. Er ist sich nicht im
klaren.

Dann fährt man Straßenbahn und hat
viel Zeit.
Der Schaffner ruft die kommenden
Stationen.
Es sind Stationen der Vergangenheit!
Man dachte, sie sei tot. Sie blieb hier
wohnen.

Dann steigt man aus. Und zögert.
Und erschrickt.
Der Wind steht still, und alle Wolken
warten.
Man biegt um eine Ecke. Und erblickt
ein schwarzes Haus in einem kahlen
Garten.

Das ist die Schule. Hier hat man gewohnt.
Im Schlafsaal brennen immer noch die
Lichter.
Im Amselpark schwimmt immer noch der
Mond.
Und an die Fenster pressen sich Gesichter.

Das Gitter blieb. Und nun steht man davor.
Und sieht dahinter neue Kinderherden.
Man fürchtet sich. Und legt den Kopf ans
Tor.
Es ist, als ob die Hosen kürzer werden.

Hier floh man einst. Und wird jetzt wieder
fliehn.
Was nützt der Mut? Hier wagt man nicht
zu retten.
Man geht, denkt an die kleinen Eisenbetten
und fährt am besten wieder nach Berlin.

DETLEV VON LILIENCRON

Aus der Kinderzeit

In alten Briefen saß ich heut vergraben,
als einer plötzlich in die Hand mir fiel,
auf dem die Jahresziffer mich erschreckte,
so lange war es her, so lange schon.
Die Schrift stand groß und klein und glatt
und kraus
und reichlich untermischt mit Tinten-
klecksen:
„Mein lieber Fritz, die Bäume sind nun
kahl,
wir spielen nicht mehr Räuber und Soldat,
Türk hat das rechte Vorderbein gebrochen,
und Tante Hannchen hat noch immer
Zahnweh,
Papa ist auf die Hühnerjagd gegangen.
Ich weiß nichts mehr. Mir geht es gut.
Schreib bald und bleibe recht gesund.
Dein Freund und Vetter Siegesmund."

„Die Bäume sind nun kahl", das herbe Wort
ließ mich die Briefe still zusammenlegen,
gab Hut und Handschuh mir und Rock
und Stock
und drängte mich hinaus in meine Heide.

NIKOLAUS LENAU

Stimme des Kindes

Ein schlafend Kind! o still! in diesen Zügen
Könnt ihr das Paradies zurückbeschwören;
Es lächelt süß, als lauscht es Engelchören,
Den Mund umsäuselt himmlisches Vergnügen.

O schweige, Welt, mit deinen lauten Lügen,
Die Wahrheit dieses Traumes nicht zu stören!
Laß mich das Kind im Traume sprechen hören
Und mich, vergessend, in die Unschuld fügen!

Das Kind, nicht ahnend mein bewegtes Lauschen,
Mit dunklen Lauten hat mein Herz gesegnet,
Mehr als im stillen Wald des Baumes Rauschen;

Ein tiefres Heimweh hat mich überfallen,
Als wenn es auf die stille Heide regnet,
Wenn im Gebirg die fernen Glocken hallen.

Quellenverzeichnis

Ilse Aichinger: Das Fenster-Theater. Aus: Der Gefesselte: © S. Fischer Verlag GmbH, Frankfurt am Main 1954.

Marianne Arlt: Kindheit, aus: Marianne Arlt: Pubertät ist, wenn die Eltern schwierig werden. Tagebuch einer betroffenen Mutter, © Verlag Herder, Freiburg, 19. Aufl. 2004.

Ingeborg Bachmann: Der Fall Franza, aus: Ingeborg Bachmann: Werke. Bd. 3: Todesarten: Malina und unvollendete Romane © Piper Verlag GmbH, München 1978.

Lis Bickel: Erste Trauer, aus: Daniela Tausch-Flammer, Lis Bickel, Wenn Kinder nach dem Sterben fragen. Ein Begleitbuch für Eltern und Erzieher, © Verlag Herder, Freiburg, 7. Aufl. 2005.

Bertolt Brecht: aus: Werke, Große kommentierte Berliner und Frankfurter Ausgabe, Band 15, © Suhrkamp Verlag 1993, „Bitten der Kinder“.

Bertolt Brecht, aus: Werke, Große kommentierte Berliner und Frankfurter Ausgabe, Band 14, © Suhrkamp Verlag 1993, „Was ein Kind gesagt bekommt.

Catarina Carsten: Martin träumt, aus: Catarina Carsten: Der Teufel an der Wand. Heitere Kindergeschichten für Erwachsene, Verlag Herder, Freiburg 1981.

Matthias Claudius: Abendlied, aus: Matthias Claudius, Sämtl. Werke, Winkler-Verlag, München 1968.

Matthias Claudius: Die Mutter bei der Wiege, aus: Matthias Claudius: Sämtl. Werke, Winkler-Verlag, München 1976.

Matthias Claudius: Ein Wiegenlied, bei Mondschein zu singen, aus: Matthias Claudius, Sämtliche Werke, Winkler-Verlag, München 1976.

Matthias Claudius: Ich sah einst einen Knaben ..., aus: Matthias Claudius: Ein Fragment, das nach der Stoa schmeckt. Matthias Claudius: Sämtliche Werke, Winkler-Verlag, München 1968.

Richard Dehmel: Die Schaukel, aus: Richard Dehmel: Der Kindergarten, S. Fischer Verlag, Berlin o. J.

Joseph von Eichendorff: Gottes-Segen, aus: Joseph von Eichendorff: Werke in sechs Bänden, Band 1: Gedichte, Versepen. Deutscher Klassiker Verlag, Frankfurt a. M. 1987.

Khalil Gibran: Von den Kindern, aus: Khalil Gibran: Der Prophet. Neu übertragen von Ulrich Schaffer, © Verlag Herder, Freiburg 2002.

Albrecht Goes: Die Schritte. Aus: ders.: Lichtschatten du. Gedichte aus fünfzig Jahren, © S. Fischer Verlag GmbH, Frankfurt am Main 1978.

René Goscinny: Luise, aus: Sempé & Goscinny, *Der kleine Nick und die Mädchen.* Aus dem Französischen von Hans Georg Lenzen, Copyright © 2002 Diogenes Verlag AG Zürich.

Peter Härtling: Zwei Versuche, mit meinen Kindern zu reden, aus: Peter Härtling. Werke. Bd. 8. Hrsg. von Klaus Siblewski, © 1999 by Verlag Kiepenheuer & Witsch Köln.

Marlen Haushofer: Himmel, der nirgendwo endet. Roman. © 1992 Claassen Verlag in der Ullstein Buchverlage GmbH, Berlin 1969, 1992.

Friedrich Hebbel: Aus der Kindheit, aus: Friedrich Hebbels gesammelte Werke in fünf Bänden, Bd. 3: Gedichte, Berlin o. J.

Hermann Hesse, aus: Sämtliche Werke, Band 10: Die Gedichte, © Suhrkamp Verlag 2002, „Kleiner Knabe".

Erich Kästner: Die Sache mit den Klößen, aus: Erich Kästner: Das verhexte Telefon. © Atrium Verlag, Zürich 1932.

Erich Kästner: Kleine Führung durch die Jugend, aus: Erich Kästner, Herz auf Taille. © Atrium Verlag, Zürich.

Erich Kästner: Pünktchen und Anton (zuerst erschienen: Williams & Co. Verlag, Berlin 1931). © Atrium Verlag, Zürich

Mascha Kaléko: An mein Kind, aus: Mascha Kaléko: Verse für Zeitgenossen, Rowohlt Verlag, Reinbek, © Gisela Zoch-Westphal

Mascha Kaléko: „Alle Mütter ...", „Einem Kinde im Dunkeln", aus: Mascha Kaléko: Das lyrische

Alfred Polgar: „Geschichte ohne Moral“, aus: Alfred Polgar, Kleine Schriften (3). Irrlicht, Copyright © 1984 by Rowohlt Verlag GmbH, Reinbek bei Hamburg.

Rainer Maria Rilke: Kindheit, aus: Rainer Maria Rilke: Werke. Kommentierte Ausgabe in vier Bänden, Band I: Gedichte 1895 bis 1910, Insel Verlag Frankfurt a. M. und Leipzig 1996.

Joachim Ringelnatz: Eltern denken über Kinder nach, aus: Joachim Ringelnatz: Das Gesamtwerk in sieben Bänden, Band 2: Gedichte, 1985 Karl H. Henssel Verlag, Berlin.

Joachim Ringelnatz: Doch ihre Sterne kannst du nicht verschieben, aus: Joachim Ringelnatz: Kinder-Verwirr-Buch. In: Joachim Ringelnatz: Das Gesamtwerk in sieben Bänden, Band 2: Gedichte, Karl H. Henssel Verlag, Berlin 1985.

Joachim Ringelnatz: Kindgebetchen, aus: Joachim Ringelnatz: Und auf einmal steht es neben dir, Diogenes Verlag AG, Zürich 1994.

Joachim Ringelnatz: Schlummerlied, aus: Joachim Ringelnatz: Das Gesamtwerk in sieben Bänden, Bd. 1: Gedichte, Karl H. Henssel Verlag, Berlin 1984.

Rafik Schami: Verlorene Joker, © by Rafik Schami.

Friedrich Schnack: Vater und Kind, aus: ders.: Gesammelte Werke in zwei Bänden. Zweiter Band: Der glückselige Gärtner, Hamburg 1961.

Jaroslav Seifert: Mein erster Brief, aus: Jaroslav Seifert: Was einmal Liebe war, Verlag Werner Dausien, Hanau 1961.

Gisela Steineckert: Grüne Wolken, aus: Gisela Steineckert: „Ach Mama, Ach Tochter" © Verlag Das Neue Berlin, 2003.

Theodor Storm: Die Kinder, aus: Theodor Storm, Sämtliche Werke in vier Bänden, hg. v. Karl Ernst Laage und Dieter Lohmeier, Bd. I: Gedichte und Novellen 1848–1867, Deutscher Klassiker Verlag, Frankfurt a. M. 1987.

Gerd Timmer: Kinderbriefe an den lieben Gott © by Gütersloher Verlagshaus, Gütersloh, in der Verlagsgruppe Random House GmbH, München.

Kurt Tucholsky: Auf ein Kind, aus: Kurt Tucholsky: Gesammelte Werke, Band I, 1907–1924, Rowohlt Verlag GmbH, Reinbek bei Hamburg 1960.

Kurt Tucholsky: Wie werden die nächsten Eltern?, aus: Kurt Tucholsky: Gesamtausgabe Texte und Briefe, Band 9: Texte 1927, Rowohlt, 1. Ausg. März 1998.

Kurt Tucholsky: Wo kommen die Löcher im Käse her –?, aus: Kurt Tucholsky: Ausgewählte Werke. Ausgewählt und zusammengestellt von Fritz J. Raddatz, Rowohlt Verlag, Reinbek bei Hamburg, 1965.

Mark Twain: Tom Sawyer trifft Becky Thatcher, aus: Mark Twain: Ausgewählte Werke in zwölf Bänden. Hrsg.: Karl-Heinz Schönfelder. Band 4: Tom Sawyers Abenteuer. Roman. A. d. Amerikanischen: Lore Krüger. © Aufbau Verlag Berlin, 1962.

Jeanne Van den Brouck: Handbuch für Kinder mit schwierigen Eltern. Mit einem Nachwort von Françoise Dolto. Aus d. Franz. v. Rainer Redies. © 1979 by Opéra Mundi, Paris. Klett-Cotta, Stuttgart 1981.

Robert Walser, aus: Das Gesamtwerk, Geschwister Tanner, © Suhrkamp Verlag Zürich/Frankfurt 1978, mit Genehmigung der Inhaberin der Rechte, der Carl Seelig-Stiftung Zürich, „Angst vor dem Dunkel“.

Irmela Wendt: Alles geht nach der Uhr, aus: Geh und spiel mit dem Riesen. 1. Jahrbuch der Kinderliteratur. Beltz & Gelberg, Weinheim 1971. © bei der Autorin.

Anmerkung des Verlages:

Wir danken den Verlagen und Rechteinhabern für die Erteilung der Abdruckgenehmigungen. Bei einigen Texten war es trotz gründlicher Recherchen nicht möglich, die Inhaber der Rechte ausfindig zu machen. Honoraransprüche bleiben bestehen.